KB091823

안녕,
호수공원

안녕, 호수공원

도심 속 호수여행자의 물빛 산책일기

초판 1쇄 인쇄 2015년 10월 9일 ＼**초판 1쇄 발행** 2015년 10월 19일
지은이 허 건 ＼**펴낸이** 이영선 ＼**편집 이사** 강영선 ＼**주간** 김선정
편집장 김문정 ＼**편집** 김종훈 김경란 하선정 김정희 유선＼**디자인** 김회량 정경아 이주연
마케팅 김일신 이호석 김연수 ＼**관리** 박정래 손미경

펴낸곳 서해문집 ＼**출판등록** 1989년 3월 16일(제406-2005-000047호)
주소 경기도 파주시 광인사길 217(파주출판도시) ＼**전화** (031)955-7470 ＼**팩스** (031)955-7469
홈페이지 www.booksea.co.kr ＼**이메일** shmj21@hanmail.net

© 허 건, 2015
ISBN 978-89-7483-748-8 03810
값 12,900원

이 도서의 국립중앙도서관 출판시도서목록(CIP)은 e-CIP 홈페이지(http://www.nl.go.kr/ecip)에서
이용하실 수 있습니다.(CIP제어번호: CIP2015026480)

안녕,
호수공원

허 건 지음

도심 속
호수여행자의
물빛
산책일기

서해문집

호수공원 안내도

공원 소개

명칭 : 호수공원(일산 16~18호 근린공원)
조성 기간 : '92. 12. 31 ~ '95. 12. 28
위치 : 고양시 일산동구 호수로 595
전체 면적 : 1,034,000m²(313,000평)
호수 면적 : 300,000m²
담수 용량 : 453,000m²
수심 : 0.5~3m

이용 안내

홈페이지 : http://www.goyang.go.kr/park
이용 시간 : 하절기(4~10월) 05:00 ~ 22:00 / 동절기(11~3월) 06:00 ~ 20:00
주차장 : 1회 주차요금 최초 30분 300원. 이후 10분당 100원

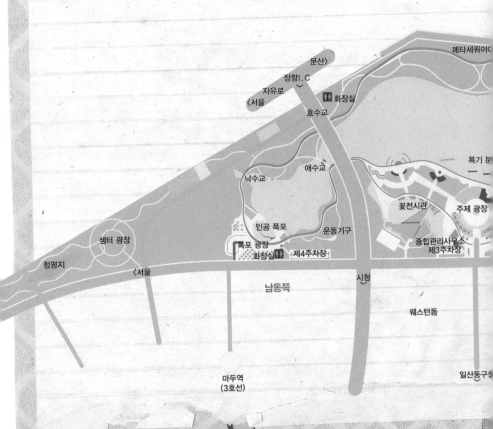

오시는 길

전철 : 수도권 전철 3호선 정발산역 하차(호수공원 방향 도보 5분 거리)
버스 : 영등포역 9701, 서울역 1000, 2000, 9702, 9708, 여의도 1008,
　　　　인천공항 3300, 김포공항 33 이용
승용차 : 서울에서 자유로 이용하여 장항 I/C 진입

추천 산책 코스(84쪽 참고)

1코스 : 라페스타, 웨스턴돔→한울 광장→장미원→월파정
2코스 : 라페스타, 웨스턴돔→한울 광장→호수교→애수교→인공 폭포
3코스 : 자연학습원→노래하는 분수대→원마운트
4코스 : 마두역→폭포 광장→인공 폭포→메타세쿼이아 길
5코스 : 폭포 광장→샘터 광장

추천 자전거 코스(176쪽 참고)

폭포 광장→화장실전시관→아랫말산→노래하는 분수대

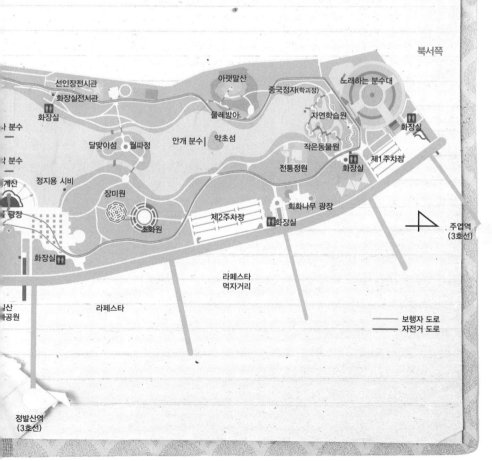

스무 해 동안
내 곁을
지켜준
호수공원에게

나른한 토요일 오후, 호숫가에 멈춰 서서 사람들을 바라본다. 잔디밭 위에서 따사로운 햇살을 즐기는 사람들, 느긋하게 호수를 바라보며 산책로를 걸어가는 사람들……. 호수공원의 주말은 평화롭기 그지없다.

하지만 과연 모두가 호수공원을 '즐기고' 있을까? 호수공원을 거니는 사람들을 찬찬히 바라보다 보면 꼭 그렇지도 않다는 것을 깨닫게 된다. 특히 호수공원에 처음 온 사람들은 드넓은 공원을 헤매다가 구석에서 적당히 시간을 보내고 가는 경우가 많다. 심지어 자주 오는 사람들조차 무감각하게 산책로를 뱅뱅 돌다 가기 일쑤다. 공원이 주는 즐거움을 만끽하지 못하는 것이다.

유치원 시절부터 일산에서 쭉 자라온 나에게 호수공원은 집 앞 마당이나 다름없었다. 어렸을 적부터 이곳에서 뛰어놀았던 데다가 지금도 매일 아침 호수공원을 걷는다. 누구보다 공원 구석구석을 잘 안다고 자부하기 때문에 호수공원을 제대로 즐기지 못하는 사람들이 안타까웠다. 게다가 호수공원에 자주 오는 일산 시민들조차 공원에 대해 잘 모르고 있다는 걸 느낄 때 안타까움은 배가 되었다. '호수공원과 이곳에서 느낄 수 있는 즐거움을 좀 더 널리 알리자.' 이 책은 이러한 바람에서 시작되었다.

고양시 일산호수공원은 올해로 개장 20주년을 맞았다. 일산 신도시와 역사를 함께한 셈이다. 스무 해 동안 호수공원은 많은 변화를 겪었다. 이전에는 없던 시설들이 많이 생겼고 방문객도 많이 늘었다. 시민들을 위한 휴식 공간으로서의 역할을 넘어, 이제는 고양시를 대표하는 랜드마크이자 문화, 예술, 관광의 공간으로 자리매김했다.

그러고 보면 내가 호수공원과 함께한 지도 스무 해가 된 셈이다. 그동안 온갖 일들을 공원과 같이 나누었다. 기쁠 때도, 슬플 때도, 무언가 그리울 때도 호수공원을 걸었다. 그러다 어느 순간부터 이곳이 공원 이상의 의미로 다가왔다. 《나의 라임오렌지나무》의 주인공 제제 곁에 밍기뉴가 있다면, 내 곁에는 호수공원이 있었다. 호수와 이 공원이 가족처럼 느껴지기 시작한 것이다. 제제는 나이를 먹으면서 점차 밍기뉴와 멀어졌지만, 나와 호수공원의 만남은 여전히 진행 중이다.

이 책은 호수공원의 주요 장소를 거닐며 떠오른 단상과 이에 따르는 실용적인 정보들로 구성되어 있다. 정문 격인 한울 광장에서 출발하여 공원을 반시계 방향으로 한 바퀴 도는 방식으로 서술하였다. 지도를 보고 전체적인 여정을 따라가도 되고, 필요한 정보가 담긴 장만 골라 읽어도 된다. 무엇보다도 이 책을 읽은 독자들이 호수공원에서 좀 더 유익하고 즐거운 시간을 보냈으면 좋겠다.

이 책이 지역 사회에, 나아가 사회 전체에 조금이나마 도움이 되었으면 하는 바람이다. 첫 책이라 아쉬운 점이 많지만 앞으로 호수와 공원을 더 사랑하는 계기로 삼고자 한다. 끝으로 이 책이 나오기까지 물심양면으로 지원해주신 부모님과 늘 영감을 주는 현유에게 감사의 말씀을 올린다.

2015년 10월
허 건

차례

들어가는 글
　　스무 해 동안 내 곁을 지켜준 호수공원에게 6

호수,

물빛
가득한
풍경

01

호수공원

호수의
사계

호수를 바라본다. 얼굴을 스치는 산들바람에서 진한 풀내음이 난다. 나뭇잎이 바람에 스치며 바스락거리는 소리가 귀를 간지럽힌다. 뜨거운 햇빛이 정수리를 서서히 달구지만 드넓은 호수에서 눈을 뗄 생각이 들지 않는다. 멍하니 호수를 바라본다.

처음에는 단지 스트레스 해소를 위해 공원을 찾았다. 미래에 대한 불안, 해야 할 일에 대한 압박감, 인간관계에서 쌓이는 피곤함······. 호수를 바라보다 보면 가슴을 누르던 답답함이 사라지고 후련한 기분이 들곤 했다. 그러다가 어느새 호수를 바라보는 것이 일상이 되어버렸다. 그렇게 몇 년 동안 호수를 바라보다 보니 호수가 가진 고유의 매력이 눈에 들어오기 시작했다. 계절이 변할 때마다 호수는 다른 모습으로 변한다. 사진작가가 똑같은 위치에서 사계절의 풍경을 찍듯 나도 호수공원의 사계절을 눈에 담아둔다.

3월의 호수에는 아직 겨울 냄새가 남아 있다. 여전히 공원은 빼빼 마른 나뭇가지로 뒤덮여 있고 간혹 돋아난 새순 또한 연약하다. 때때로 찬비까지 내려 돋아나는 생명을 무색하게 한다. 벚꽃이 피기 시작하는 4월에 이르러서야 호수에 봄이 찾아왔음을 느낄 수 있다. 투명한 물에 잉크를 탄 것 마냥 초록이 무섭게 번져나간다. 검푸르던 호수의 색 또한 짙은 푸른색으로 변한다. 4월 말에 접어들면 기온이 급상승해 어느 순간부터 여름이 된다.

본격적인 여름에 접어들면 호수는 활기를 띤다. 짙은 초록을 잔뜩 머금은 잔디와 나무에서 싱그러운 풀냄새가 뿜어져 나온다. 맑은 하늘과 햇빛에서 자연이 가지고 있는 무한한 에너지가 느껴진다.

장마철에는 잠시 공원이 암흑기에 접어든다. 장마철 하늘은 비가 내리지 않더라도 잿빛일 경우가 많다. 호수와 초목은 여전히 푸른빛을 띠고 있지만 어두운 하늘에 짓눌려 있는 것처럼 보인다. 아무래도 하늘빛을 이겨내기엔 역부족이다.

여름 호수

눈부신 햇빛이 호수에 비친다

흔히 공원을 찾는 사람들은 주위의 풍경에 따라 호수의 색이 변한다는 점을 인지하지 못한다. 하지만 사진을 보면 계절별로 호수의 색이 얼마나 다른지 쉽게 알 수 있다. 단순히 호수에 풍경이 비쳐서이기도 하지만, 주변 풍경이 자아내는 분위기가 인간의 색감에 영향을 미쳐서이기도 하다. 겨울의 호수가 검푸르다면 여름의 호수는 좀 더 초록색을 띤다.

가을에는 호수에 눈부신 햇빛이 찾아온다. 물의 움직임에 따라 하얀 햇빛이 명멸하는데 마치 호수에 자잘한 다이아몬드를 흩뿌려 놓은 것 같은 착각에 빠지게 된다. 물결 바로 아래의 검은 그림자와 밝은 빛이 뒤엉켜 끊임없이 호수를 어지럽힌다. 이럴 때 호수를 바라보다 보면 초록색과 붉은색의 잔상이 생겨 독특한 상이 만들어진다.

겨울이 되면 호수의 풍경이 삭막해진다. 대낮에도 하늘은 잿빛을 띠고 있는 경우가 많다. 바닥에 떨어진 낙엽도, 공원을 거니는 사람들의 옷차림도 어둡다. 차가운 바람도 어두운 분위기에 일조한다. 그러다가 눈이 오면 호수공원은 전혀 다른 모습으로 탈바꿈한다. 단단하게 얼어붙은 호수 위에까지 눈이 쌓이면 공원 전체가 흰색으로 뒤덮인다. 온통 흰색밖에 보이지 않는 공원은 보는

온통 흰색밖에 보이지
않는 공원은 보는 이로
하여금 순수한 감정에
빠져들게 한다.

·

겨울 호수

이로 하여금 순수한 감정에 빠져들게 한다. 마치 성자의 보금자리를 거닐고 있는 듯한 기분이다. 폭신폭신한 눈을 밟으며 새하얀 호수를 바라보면 얼룩진 마음 또한 하얗게 치유된다.

깊은 호수의 끝없는 얼굴. 무한히 드러나는 호수의 맨얼굴에 이끌려 나도 모르게 호수 여행을 시작한다.

일산호수공원

유명한 도시에는 공원이 하나쯤 있기 마련이다. 뉴욕에는 센트럴
파크가 있고 런던에는 하이드 파크, 파리에는 뤽상부르 공원이 있
다. 이들 공원은 기본적으로 시민들을 위한 휴식의 공간이지만,
도시를 상징하는 랜드마크로서의 역할도 수행한다. 일산호수공원
또한 일산 신도시를 대표하는 공원이다. 1996년에 조성된 이후
20년의 시간이 흐른 지금까지 많은 사람들의 사랑을 받고 있다.

호수공원은 일산 신도시와 함께 생겼다. 총면적 103만 4천㎡
의 거대한 공원을 갑자기 만든다는 건 쉽지 않은 일이었다. 당시
관계 부처에서는 스위스 남부의 레만 호수를 모델로 일산호수공
원을 구상했다고 밝혔다. 뿐만 아니라 수중공원, 정자도 구상했다
고 한다.

20년 가까운 시간 동안 호수공원에는 많은 변화가 있었다. 노래하는 분수대의 음악 공연, 호젓한 산책을 즐길 수 있는 메타세쿼이아 길, 로맨틱한 애수교, 세계의 장미를 한눈에 감상할 수 있는 장미원, 평소에 보기 힘든 대규모의 연꽃과 수련, 설경이 근사한 전통정원 등 이전에는 없던 볼거리가 호수공원에 많이 생겼다. 매년 4월 말에 열리는 고양국제꽃박람회와 9~10월에 열리는 고양호수예술축제에는 수십 만 명이 넘는 사람들이 방문한다.

호수공원의 매력은 무엇보다도 호수 그 자체에 있다. 무려 30만㎡가 넘는 호수의 규모는 입이 떡 벌어질 정도다. 호수를 둘러싼 풍경 또한 국내 어느 호수공원과 비교해도 뒤지지 않는다. 최근(2013) 조성된 세종호수공원에게 '국내 최대 인공호수'라는 타이틀을 넘겨주긴 했지만, 공원으로서의 원숙미는 단연 일산호수공원이 으뜸이다.

호수공원의 구역은 크게 두 가지 기준으로 나눌 수 있다. 호수공원 지도에서 북서쪽의 노래하는 분수대와 남동쪽의 인공 폭포를 이어 선을 그어보자. 도시와 접한 북동쪽은 좀 더 도시적인 느낌이 강하다. 반면에 농촌에 접한 남서쪽 지역은 비교적 호젓하고 전원적이다.

광장,

소통의
메카

02

한울 광장

공원의 심장,
약동하는 광장

　　　　　　호수공원에는 정해진 정문이 없
다. 폭포 광장, 메타세쿼이아 길, 아랫말산 뒤편, 회화나무 광장,
샘터 광장, 노래하는 분수대 등 곳곳에 입구가 있지만 그중에서도
한울 광장에서 문화 광장으로 통하는 육교가 사실상 정문 역할을
하고 있다. 위치상으로도 호수공원의 중심부인데다가 번화가와
연결되어 있어 드나드는 사람들이 가장 많은 곳이다.

　　한울 광장은 호수공원의 심장부라고 할 수 있다. 마치 심장이
힘차게 약동하며 피를 온몸 구석구석까지 전달하듯이 호수공원을
이용하는 대부분의 사람들은 자연스럽게 한울 광장을 중심으로
움직인다.

　　도시에서 광장은 매우 중요한 역할을 한다. 규모가 큰 도시에

는 어김없이 광장이 있다. 광장에 사람들이 모이기도 하고, 사람들이 모이는 곳이 자연스럽게 광장이 되기도 한다.

광장은 정치, 사회 운동의 무대가 되는 경우가 많았다. 운동 과정에서 시위대와 이를 진압하려는 공권력이 충돌하는 경우가 허다했다. 일례로 1989년 중국의 천안문 광장에서는 시장개혁의 부작용으로 인한 대규모 시위가 일어났다. 이 과정에서 군경과 시위대 간 유혈 사태가 발생해 '천안문 사태'라 불릴 정도로 많은 희생자를 낳았다. 또한 1905년 러시아 페테르부르크의 동궁冬宮 광장에서는 '피의 일요일'이라 일컫는 시위대 학살 사건이 일어나기도 했다. 우리나라의 경우도 예외가 아니다. 1919년 지금의 서울 광장에 해당되는 곳에서는 일제의 탄압에 항거한 3.1운동이 일어나 많은 이들이 피를 흘렸다.

그렇다고 광장이 언제나 충돌과 분쟁으로 얼룩져 있는 것은 아니다. 독일이 통일된 1990년 브란덴부르크 광장에는 베토벤 9번 교향곡 '환희의 송가'가 울려 퍼졌다. 당시 독일 시민들은 통일을 기뻐하며 광장에서 서로 손을 맞잡았다. 이처럼 광장은 때에 따라 화합의 장이 되기도 한다.

축제나 꽃박람회 기간에 한울 광장을 가득 메운 인파를 보면

천안문 광장
ⒸKentaro Iemoto

브란덴부르크 광장
ⒸThomas Wolf

한울 광장

2002년 한·일 월드컵 당시의 거리 응원이 떠오른다. 당시 서울 광장에서는 시민들이 모두 붉은 옷을 입고 '오 필승 코리아'를 외치며 응원했다. 전혀 모르는 사람끼리 스스럼없이 어깨동무를 하고 목이 터져라 소리 지르는 모습은 무척이나 인상적이었다. 콘크리트 아파트와 사무실 칸막이로 단절되었던 사람들 간의 관계가 탁 트인 광장에서 새롭게 형성되는 장면이었기 때문이다.

광장은 도시 생활을 보다 윤택하게 해주는 문화, 예술, 휴식의 공간이 되기도 한다. 프랑스 파리에서 가장 아름다운 광장으로 꼽히는 보주 광장이나 영화 〈로마의 휴일〉에서 오드리 햅번이 아이스크림을 먹었던 스페인 광장 등을 예로 들 수 있다. 이런 광장들은 예술가들과도 깊은 관련이 있다. 바이런, 리스트, 괴테, 발자크 등 다양한 예술가들이 로마에 머물 당시 스페인 광장 주변에서 기거했다. 또한 보주 광장 근방에는 《레 미제라블》의 원작자 빅토르 위고의 집이 있다. 이들은 광장에서 서로 영감을 주고받으며 시간을 보냈다.

문화와 예술의 공간,
광장

호수공원 한울 광장에서는 정치·사회적 집회가 비교적 적게 열리는 편이다. 간혹 집회가 있더라도 특정한 이익집단에서 주도하는 경우가 대부분이다(예를 들어 2008년에는 고양경량전철 반대 촛불집회가 열리기도 했다). 시대를 바꾸는 정치·사회 운동은 젊은 층을 구심점으로 하는 경우가 많은 데 반해, 이익집단이 관여한 집회는 중장년층이 대다수를 차지한다. 일산의 번화가인 라페스타, 웨스턴돔에서 가까워 젊은 층이 많이 찾는 한울 광장임에도 집회 참가자가 중장년층이 대부분인 것은 이러한 이유 때문일 게다. 한편 고 노무현 대통령이 서거했을 때와 세월호 참사가 일어났을 때는 이를 추모하는 행사가 한울 광장에서 열리기도 했다.

하지만 한울 광장에서 열리는 주된 행사는 문화·예술에 관련

된 것들이다. 고양국제꽃박람회나 고양호수예술축제 기간에는 남녀노소 다양한 사람들이 바쁘게 움직이며 한울 광장에 활기를 불어넣는다.

고양국제꽃박람회는 한울 광장에 있는 꽃전시관을 중심으로 진행된다. 1991년에 '한국고양꽃전시회'라는 이름으로 시작된 꽃박람회는 2013년부터 '고양국제꽃박람회'라는 이름으로 통합되어 매년 열리고 있다. 진기한 화훼류와 이를 이용해 제작한 예술품이 눈길을 끈다. 이 기간에 한울 광장, 주제 광장에서는 다양한 화훼 체험 프로그램이 운영된다. 매년 9~10월에는 '고양호수예술축제'가 열린다. 평균 40~50만 명의 관람객이 호수공원을 찾아 다양한 전시 및 공연을 감상한다. 2014년에는 국내외 88개 단체와 약 1,000여 명의 예술가, 시민이 참여했다.

어떤 이들은 호수공원에서 꽃박람회 등의 대형 행사가 열리는 것에 대해 불만을 토로하기도 한다. 기본적으로 공원은 시민을 위한 자유로운 공간이 되어야 하는데, 꽃박람회 기간에는 공원의 일부 지역에 입장료를 매기고 출입을 통제하기 때문이다. 가만히 생각하니 맞는 말인 것도 같다. 그렇다면 꽃박람회 기간은 호수공원이 가장 '공원답지 않은 때'가 되는 셈이다.

피라미드로
지은

노천극장

03

석계산

나의 거대한
계단

어떻게 보면 뜬금없어 보이는 이
거대한 계단은 나에게 있어 여러가지 상상의 대상이 되곤 했다.
어렸을 때 석계산에서 썰매를 타고 싶어 눈이 내릴 때까지 기다렸
던 적이 있다. 저렇게 큰 미끄럼틀에서 눈을 타고 내려오면 얼마
나 기분이 짜릿할까. 마침내 겨울이 오고 눈이 내리기 시작했다.
충분히 눈이 쌓였다 싶어 친구들과 누런색 종이 박스를 들고 석계
산을 찾았다. 그런데 쌓인 눈이 모자랐는지 아니면 애초에 계단에
서 썰매를 탄다는 생각이 잘못되었는지, 덜컹거리며 내려와 엉덩
이가 몹시 아파 울상지었다.

그런데 한 해 한 해 지날수록 석계산의 모습이 조금씩 다르게
보이기 시작했다. 살면서 새롭게 보고 들은 것들이 내 머릿속에

녹아들어서일까. 햇볕이 쨍쨍한 날에는 석계산이 동해 바다의 방파제처럼 보였다. 푸른 호수 한편에서 치솟는 고사 분수는 호수를 여행하는 사람들을 위한 등대 같았다. 날씨가 흐린 날의 석계산은 마치 중남미의 계단식 피라미드처럼 보이기도 한다(흔히 알고 있는 이집트의 피라미드는 매끄러운 정사면체 모양을 하고 있지만 이집트 일부 지역과 중남미 지역에는 계단식 피라미드가 많다).

중남미 지역의 고대 문명, 이를테면 아즈텍이나 잉카, 마야 문명을 보면 막연한 신비감이 든다. 동양인이 느끼는 새로운 오리엔탈리즘이랄까. 페루의 마추 픽추나 멕시코의 테오티우아칸 등의 고대 도시를 보면 왠지 모를 경외감과 호기심이 생긴다. 멕시코시티에서 50여km 떨어진 곳에 위치한 테오티우아칸은 4세기부터 7세기부터 전성기를 누린 고대 도시다. 교역을 통해 중앙아메리카 지역에서 큰 영향력을 발휘하던 테오티우아칸은 7세기 무렵 자취를 감췄다. '신들의 도시'라는 뜻인 테오티우아칸은 600년 후 이곳에 정착한 아즈텍 인들이 붙인 이름이다.

이 불가사의한 유적의 특별한 점을 한 가지 더 들자면 일산 신도시처럼 도시 전체가 계획되었다는 것이다. 도시 한가운데를 관통하는 '죽은 자의 길'을 중심으로 많은 건물들이 있었다. 이 길

석계산

호수공원의 피라미드

의 끝에는 '달의 피라미드'가 있는데, 사람을 제물로 바치는 이른바 인신공희가 이뤄졌을 것이라고 짐작된다.

역사 속에서 인간이 거대한 구조물을 짓는 것은 대부분 종교적인 이유가 있어서였다. 고대 영국의 스톤헨지나 한반도의 고인돌 등 거석 문화에서도 이러한 점을 발견할 수 있다. 중세로 넘어가도 거대한 교회나 성당을 지어 절대적인 존재를 숭배하고자 하는 인간의 모습은 변하지 않았다. 하지만 르네상스를 거쳐 근·현대에 이르자 이러한 문화는 상당 부분 사라졌다.

한울 광장에서 축제라도 열리는 날이면 석계산은 노천극장 관람석이 된다. 매년 가을 열리는 고양호수예술축제 기간에는 수십 개의 공연이 펼쳐지고, 이외에도 수시로 여러 행사가 진행된다. 고대의 거석이 올려다보는 존재였다면, '현대의 거석'은 인간이 올라가 공연을 내려다보는 곳이 된 셈이다.

석계산 아래 호숫가에는 실제로 피라미드가 4개 있다. 사실 피라미드라고 부르기도 애매할 정도로 작고 아담하다. 이 조그만 피라미드가 고대에 비해 줄어든 신의 입지를 보여주는 것만 같다.

고양호수예술축제

고양호수예술축제는 꽃박람회와 더불어 고양시의 대표적인 축제
다. 호수공원 한울 광장 일대를 중심으로 국내외 여러 예술단체들
이 음악, 행위예술, 마술 등 다양한 거리공연을 펼친다. 초기에는
3~4일 정도 열리다가 점차 규모가 커져 2013년과 2014년에는
9일 동안 열렸다.

   2014년 고양호수예술축제는 9월 27일부터 10월 5일까지 열
렸는데, 국내외 70여 개 단체가 170여 회의 공연을 선보였다. 공
연은 축제 기간 동안 호수공원의 여러 지역에서 동시다발적으로
진행된다. 놀이기구를 타듯 원하는 공연을 선택해서 볼 수 있어
마치 테마파크에 놀러 온 기분이 든다. 공연의 질 또한 상당한 수
준이다. 대표적인 해외 초청 공연으로 다국적 공중퍼포먼스 그룹

카오스모스: 우주의 탄생
© (재)고양문화재단 고양호수예술축제

경계에서
© (재)고양문화재단 고양호수예술축제

'푸하'의 '카오스모스:우주의 탄생'과 벨기에의 거리무용단체 '스튜디오 이클립스'가 펼친 '경계에서'가 진행되었다. 특히 '경계에서'는 호수 위에 설치된 사각형 무대에서 펼쳐지는 수중무용 작품이었는데, 세 명의 무용가가 물과 무대 위를 오가며 보여주는 모습은 살짝 난해하기도 했지만 가을의 강렬한 태양빛이 아른거리는 호수와 멋진 조화를 이뤘다.

고양호수예술축제는 어디까지나 시민과 함께하는 축제다. 체험행사 등을 제외한 모든 공연은 무료로 진행된다. 무대와 객석의 경계가 없는 거리공연이 많아 좀 더 실감나는 축제를 즐길 수 있다. 또한 외부에서 초청한 예술단체 이외에도 실제 고양 시민이 참여하는 시민참가작 공연도 있다.

시간이 흐르면서 고양호수예술축제는 지역의 문화와 역사에 중점을 두기 시작했는데 특히 고양시가 국내 10번째로 100만 인구를 돌파한 2014년에 이러한 경향이 더욱 두드러졌다. 축제 개막 공연인 '고양아리랑'은 고양호수예술축제를 통해 지역색을 재창조하고자 하는 고양시의 의도를 단적으로 보여준다.

고양아리랑은 총 4장으로 구성되었다. 1장에서는 난타와 고양의 아름다운 풍경을 묘사했다. 2장에서는 LDP무용단이 5,020년

고양아리랑

©(재)고양문화재단 고양호수예술축제

의 역사를 가진 한반도 최초의 재배볍씨 '고양 가와지볍씨'를 춤으로 형상화했다. LDP무용단은 댄스 오디션 프로그램 '댄싱9'에 출연한 이선태씨가 소속된 국내 굴지의 현대무용단이다.

3장에서는 마당극을 통해 '고양'이라는 지명의 유래를 알렸다. 조선시대 차림의 남녀 한 쌍이 각각 '고봉'과 '덕양'의 역할을 하며 공연을 이끌어 나간다. 또한 고양의 민속놀이인 '12지신 불한당놀이'가 펼쳐져 흥겨운 축제 분위기를 만들어낸다.

공연 사이에 카운터테너 루이스 초이가 '고양이 노래'를 불렀는데, 모든 가사가 '야옹'으로 되어 있어 특이했다. 고양시의 마스코트인 고양이의 울음소리를 카운터테너 특유의 음색으로 잘 표현해냈다.

4장에서는 고양 시민으로 구성된 송포호미걸이보존회가 등장한다. 풍물패가 흥겨운 가락과 박자를 만들어낸다. 하늘을 수놓는 불꽃놀이 사이로 '아리랑'이 울려 퍼지고, 모두가 흥겹게 어깨를 들썩였다.

고래의

숨구멍

04

고사 분수

고사 분수

하늘로 뻗어가는
외로운 물줄기

　　　　　　　　고사 분수는 호수공원에서 가장
눈에 띄는 분수다. '높이 쏘아 올린다'(高射)는 이름에 걸맞게 강력
한 물줄기를 자랑한다. 한울 광장 근처에 있는데, 멀리서도 잘 보
일 정도로 큰 분수다.

　　고사 분수는 4월 30일~10월 30일까지 매일 11시~16시
30분 사이에 작동한다. 야외공연장, 한울 광장, 석계산에서 고사
분수를 가장 잘 볼 수 있다. 고사 분수는 특히 4월 말의 꽃박람회
나 9월 고양호수예술축제의 분위기를 한껏 살려 준다.

　　인적이 드문 평일에는 홀로 물줄기를 뿜는 고사 분수가 외로
워 보이기도 한다. 야외공연장 계단에 앉아 가만히 고사 분수를
바라보면, 물기둥이 햇빛을 받아 흰색으로 번쩍이는 게 마치 숨

을 쉬는 거대한 고래처럼 보인다. 보통 고래가 숨을 쉴 때 기공에서 뿜어내는 것이 물이라고 알고 있는데, 사실 물이 아니라 고래의 따뜻한 날숨이 차가운 외부공기와 만나 발생하는 수증기 기둥이다. 이러한 일련의 과정을 고래가 '분기噴氣'한다고 하는데, 지구 역사상 가장 거대한 생물이라고 알려진 흰수염고래의 분기는 무려 10~15m 높이까지 치솟는다.

아이러니하게도 흰수염고래의 수염은 검은색이다. 흰수염고래라는 이름은 몸통이 흰색이라 붙은 것이다. 햇빛이 쨍쨍한 날에는 햇빛이 호수 표면에 하얗게 반사되어 마치 흰수염고래의 몸통처럼 보이기도 한다.

겨울에 호수공원을 산책하다 보면 허먼 멜빌Herman Melville의 소설 《모비 딕Moby Dick》이 떠오른다. 한국어로는 《백경白鯨》으로 널리 알려진 작품이다. 19세기 영문학의 대작으로 평가받는 이 소설은 고래잡이배 피쿼드 호에서 일어난 일들을 이야기하고 있다. 이 소설의 중심에는 피쿼드 호의 선장 에이하브와 악명 높은 향유고래 '모비 딕'의 대결 구도가 자리 잡고 있다. 에이하브는 모비 딕에게 한쪽 다리를 잃은 뒤로 모비 딕 사냥에 집착하게 된다. 모비 딕에 대한 그의 집착은 점점 심해져 끝내는 이성을 잃고 광기에 사로잡히게 된다. 그리고는 이런 말을 토해낸다.

"모든 것을 파괴하지만 정복하지 않는 고래여! 나는 너에게 달려간다. 나는 끝까지 너와 맞붙어 싸우겠다. 지옥 한복판에서 너를 찔러 죽이고, 증오를 위해 내 마지막 입김을 너에게 뱉어주마. 관도, 관대도 모두 같은 웅덩이에 가라앉혀라! 어떤 관도, 어떤 관대도 내 것일 수는 없으니까. 빌어먹을 고래여, 나는 너한테 묶여서도 여전히 너를 추적하면서 산산조각으로 부서지겠다. 그래서 나는 창을 포기한다!"

모비 딕과의 마지막 사투에서 피쿼드 호는 침몰하고 만다. 에이하브는 모비 딕에게 작살을 적중시키지만 밧줄에 딸려가 최후를 맞이한다. 배에 탔던 다른 선원들은 전멸하지만, 주인공 이스마일은 극적으로 살아남아 이야기를 전한다.

소설은 '나를 이스마일이라 불러 다오Call me ishmael.'라는 문장으로 시작한다. 무겁고 장중한 소설의 분위기에 비해 첫 문장은 간결하기 그지없다. 이후에 펼쳐질 에이하브의 광기와 극명한 대

모비 딕

조를 보인다. 이 문장은 영국 일간지 《데일리 텔레그래프》에서 선정한 '세계문학사상 가장 빛나는 첫 문장 30선'에 오를 정도로 많은 이들에게 사랑받고 있다. 지극히 담담한 이 첫 문장은 눈 덮인 호수공원의 풍경을 떠올리게 한다. 삭막하던 겨울 호수공원에 흰 눈이 내리면 아늑하고 포근한 기분이 든다. 뼈만 남은 나무에 눈이 덮여 마치 새살이 돋아난 것 같다.

때로는 호수 자체가 흰 고래 모비 딕처럼 보이기도 한다. 몇몇 장난스러운 사람들이 눈 덮인 호수에 발자국을 남기는데, 멀리서 보면 세월과 풍랑을 이겨낸 고래의 거친 피부처럼 보인다. 호수 위로 간간이 올라온 수초는 모비 딕의 몸통에 꽂힌 작살 같기도 하다. 모든 사투가 끝난 후 담담하게 이야기를 꺼내는 이스마일, 스스로를 속박하던 광기에서 해방되어 안식을 맞이한 에이하브, 그리고 에이하브의 기나긴 추적에서 벗어난 모비 딕의 모습이 보인다.

몇몇 장난스러운
사람들이 눈 덮인
호수에 발자국을
남기는데, 멀리서
보면 세월과 풍랑을
이겨낸 고래의 거친
피부처럼 보인다.

•

호수공원 곳곳과
어울리는 음식

계절에 따라 다른 색을 함빡 머금은 호수공원의 풍경은 시각을 만족시키기에 충분하다. 또한 새가 지저귀는 소리, 바람이 풀잎에 스치는 소리는 청각을 만족시킨다. 싱그러운 풀과 꽃의 냄새는 후각을, 피부에 와 닿는 바람, 꽃과 풀의 감촉은 촉각을 만족시킨다. 그렇다면 미각은 어떨까? '금강산도 식후경'이란 말이 있듯이 먹는 즐거움은 호수공원에서 느낄 수 있는 또 다른 재미다.

야외라서 음식 종류가 다소 제한적이긴 하지만 그래도 즐길 만한 음식은 충분히 많다. 김밥, 유부초밥, 도시락 등 직접 싸 오는 음식에서부터 피자, 치킨, 짜장면, 족발 등 배달 음식까지 다양한 선택이 가능하다.

장미원 - 츄러스, 솜사탕

호수공원에서 '가장 놀이공원 같은 곳'이 어딜까? 노래하는 분수대? 한울 광장? 인공 폭포? 많은 곳이 있지만 나는 그중에서도 장미원을 최고로 친다.

장미가 피기 시작하는 4~5월에는 붉은 장미와 흰색 울타리가 어우러져 놀이공원에 온 것 같은 기분이 든다. 츄러스와 솜사탕을 사들고 장미원에 놀러가 보자. 만발한 장미꽃과 이를 구경하는 사람들 사이에서 한껏 기분을 낼 수 있다.

한울 광장 - 햄버거, 핫도그

한울 광장은 호수공원에서 가장 붐비는 곳 중 하나이다. 많은 사람들이 지나다니는 광장답게 활기차다. 번화가와 접해 있어 도시 공원의 분위기가 물씬 난다.

만약 한울 광장에 햄버거나 핫도그를 파는 노점이 생긴다면 선풍적인 인기를 끌 것 같다. 라페스타나 웨스턴돔에서 핫도그나 햄버거를 사들고 한울 광장으로 가 보자. 계단에 앉아 핫도그를 베어 물면 마치 뉴욕 센트럴 파크에 온 것 같은 기분이 들 것이다. 친한 친구와 함께든 혼자든, 한울 광장에서 먹는 핫도그 맛은 잊지 못할 추억으로 남을 것이다.

메타세쿼이아 길 – 커피

메타세쿼이아 길은 호수공원 남쪽 가장자리에 있다. 메타세쿼이아 나무는 길 양옆으로 늘어서 있다. 커피 한 잔을 손에 들고 메타세쿼이아 길을 걸으며 사색에 잠겨보자. 커피 향과 피톤치드 기운이 어우러진 가운데 정신이 맑아지는 것을 느낄 수 있다.

노래하는 분수대 – 짜장면, 치킨

노래하는 분수대는 호수공원에서 공연이 가장 활발하게 열리는 곳 중 하나다. 물론 한울 광장이나 근처의 야외공연장 또한 많은 공연이 열리지만, 1년 중 6개월 이상 저녁마다 음악 분수 공연이 열리는 노래하는 분수대에 비하지는 못한다. 음악 분수 공연을 보면서 배달 음식을 시켜 먹는 재미도 쏠쏠하다. 시원한 음악 분수 공연을 보면서 '치맥'을 먹는 재미는 아는 사람만 알 것이다.

아랫말산 – 도토리묵, 파전, 막걸리

아랫말산은 호수공원이 생기기 전부터 그 자리에 있던 조그마한 동산이다. 산이라고 부르기에도 민망할 정도로 높지 않아, 공원을 돌면서 부담 없이 올라갔다오기에 좋다.

아랫말산에서 내려와 메타세쿼이아 길 중간에 위치한 쪽문으로 나가면 포차가 보인다. 도토리묵, 파전, 막걸리 등을 파는 포차다. 주로 등산을 끝내고 산 밑에서 먹는 음식들이다. 포차에서 막걸리 한 사발을 들이켠 후 적당한 곳에서 한숨 늘어지게 자보자. 꿀맛 같은 주말 오후가 될 것이다.

애수교 – 초콜릿

애수교는 호수공원에서 가장 로맨틱한 장소 중 하나다. 호수공원을 찾는 커플들이나 부부들에게 애수교는 꼭 추천해주고 싶은 곳이다. 애수교는 많은 드라마에서 촬영지로 쓰였는데, 그만큼 서정적이고 근사한 분위기를 지니고 있다. 특히 저녁에는 조명이 켜져 멋진 야경을 감상할 수 있다. 늦은 저녁 애수교에 앉아 다리를 달랑거리면서 서로에게 초콜릿을 먹여 주는 것은 어떨까.

누구나

가슴 속에
시를
품고
산다

정지용 시비

정지용 시비

보고픈 마음
호수만하니

　　　　　　한울 광장에서 노래하는 분수대로
향하는 산책로 입구에는 정지용 시비詩碑가 있다. 사람들이 종종
'인증샷'을 찍고 가는 곳이다. 그런데 1902년 충북 옥천 출생으로
일산 신도시와는 전혀 관련이 없는 정지용 시인의 시비가 왜 호수
공원에 있을까. 답은 시비에 새겨진 시의 제목에 있다. 바로 〈호
수〉다.

　　　호수

　　　　　　　정지용

　　　얼골 하나야

　　　손바닥 둘로

폭 가리지만

보고픈 마음
호수만하니
눈 감을 밖에

커다란 돌 위에 적힌 들쭉날쭉한 글씨가 투박해 보이기도 하지만 그래서인지 시의 내용이 더욱 실감나게 느껴진다. 결코 세련된 디자인이라 말할 수는 없지만 주위 풍경과 무척이나 잘 어울린다. 만약 회색 타일이 깔린 한울 광장에 있었더라면 살짝 삭막해 보였을지도 모른다.

정지용 시인의 〈호수〉는 중학교 국어 교과서에도 실린 적이 있다. 중학생 때 숙제로 달달 외운 적이 있는데 그때는 별다른 생각이 들지 않았다. 수업 시간에 배운 '그립고 애잔한 감정'이 잘 느껴지지 않았기 때문이다.

호수공원에 정지용 시비가 생긴 후로는 지나가다 자주 시를 읽게 되었다. 처음에는 중학교 시절과 마찬가지로 무덤덤했다. 마치 학교에 하나쯤 있는, 교훈校訓이 새겨진 커다란 돌을 보는 것

같았다. 하지만 시간이 흐르면서 시비 앞에 멈춰서는 날이 많아졌다. 10년이 넘는 시간 동안 나도 모르게 그리운 것들이 많이 생겼나 보다.

시비를 뒤로 하고 산책로를 걸으면서 그리운 기억들을 떠올려 본다. 어린 시절 친구네 어머니가 끓여주시던 아욱국, 난생 처음으로 영화관에 가서 표를 사서 보았던 영화 〈글래디에이터〉, 하굣길에 하나씩 사 먹었던 떡꼬치, 연극 무대에 오르기 전의 두근거림……. 어렸을 적의 추억이 한 줄기 연기처럼 피어오른다.

겨울에는 막연하게 느끼던 그리움이 구체화되면서 더욱 격해진다. 을씨년스러운 풍경 사이로 한 해 동안의 일들이 새록새록 떠오른다. 가끔 그리움에 후회가 섞이기도 한다. 자존심을 세우느라 남에게 상처 입힌 기억, 새로운 시도가 두려워 잡지 못했던 기회, 순간순간에 충실하지 못해 허사가 된 일들을 생각하며 어디로 가는지 모를 상념에 빠진다.

이전의 나는 '시'라는 문학 작품에 그리 관심이 많지 않았다. 시 속에 담긴 의미를 곱씹고 상상력을 발휘해보려고 하기는커녕 단지 성적을 위해 외우기만 했을 뿐이다. 너무나 추상적인 단어와 문장들을 이해하기 어려워 왜 사람들이 시를 보고 감동을 받는지

도통 알 수가 없었다.

하지만 그 후로 이러저러한 문학 작품을 많이 접하며 감수성이 깨어난 것일까. 지금은 〈호수〉를 떠올리면 애잔하고 먹먹한 기분에 젖어들곤 한다. 짧은 글귀에 불과하지만 그 속에는 풍부한 감정이 소용돌이치고 있다. 어느 누가 단 여섯 줄, 단 서른 글자만으로 읽는 이의 마음을 이토록 흔들 수 있을까. 단어 하나하나가 강렬하면서도 마치 차곡차곡 쌓인 벽돌처럼 무엇 하나 버릴 것이 없다. 시인의 위대함에 새삼 경외감이 든다.

시인은 단어와 문장을 적절히 이용해 자신의 생각을 시 속에 녹여내야 한다. 대부분의 사람들은 시 쓰는 것을 굉장히 어려워한다. 시를 써 본 적도 없고, 어떻게 시작해야 할지 전혀 감이 안 온다고 한다. 하기야 삼행시 하나 짓는 데에도 골머리를 앓는데 갑자기 시를 쓰는 것이 쉽겠는가. 시를 쓰려면 여러 생각들을 정리해서 자신의 의도에 맞게 표현해야 하는데 결코 만만치 않은 일임은 틀림없다.

하지만 시를 쓰는 것이 오직 몇몇 선택받은 사람들에게만 허용된 일은 아니다. 시인들의 말에 따르면, 일반인들도 얼마든지 훈련을 통해 시를 쓸 수 있다고 한다. 번뜩이는 재능은 중요하지 않다. 영국에서 계관 시인(영국 왕실이 영국에서 가장 명예로운 시인에게 내리는 칭호)으로 유명한 테드 휴즈Ted Hughes는《시작법Poetry in Making》의 머리말에서 시를 쓰려는 사람들에게 따뜻한 조언을 건넨다.

> "이 책에서 나는 어느 누구에게 있어서나 자기 표현의 잠재 능력이 측정할 수 없을 만큼 무한하다는 것을 가정하고 있다. 학생의 상상력에 많은 기회를 주고 억제하지 않음으로써 그에게 글쓰기에 대한 자신감과 자연스런 동기를 조금씩 주입시킨다면, 그 나머지는 우리의 평범한 재능이 (그렇게 많지는 않더라도 어느 정도는 있을 것인데) 말로 표현하기 시작할 것이다."

호수공원에서
시인 되기

호수공원은 누구에게나 내재된 감수성과 상상력을 일깨울 수 있는 곳이다. 장미꽃이 만개한 여름 장미원, 한울 광장 석계산에서 내려다보는 호수, 노래하는 분수대의 음악 분수 공연, 안개 덮인 메타세쿼이아 길, 물 위로 고개를 빼꼼 내민 수생식물원의 연꽃 등 수많은 소재와 함께 시인이 되는 연습을 해 볼 수 있다.

공원을 거닐며 떠오르는 생각과 표현들을 메모해보자. 한 단어 한 단어에 혼을 실어 표현할 필요는 없다. 자신이 쓴 표현이 아무리 '오글'거려도 괘념치 말자. 무엇보다도 부담을 갖지 않는 것이 중요하다.《행복한 글쓰기》의 저자 게일 카슨 레빈Gail Carson Levine이 말하듯, '많이 쓰는 것이 창작의 첫 걸음'이라고 할 수 있다.

당장 창작이 어렵다면 자연에 관한 시를 먼저 읽어보는 것도 좋은 방법이다. 호수공원에서 꽃향기를 맡았는데 이를 표현할 적절한 말이 떠오르지 않을 수도 있다. 실제로 학교에서 과제로 글을 써야 하는 학생들이 토로하는 고충 중 하나가 '아무것도 떠오르지 않는다'는 것이란다. 어찌 보면 당연한 말이다. 보고, 읽고, 들은 경험이 있어야 이를 바탕으로 새로운 창작물이 완성되기 때문이다.

기존의 좋은 시를 모방하면서 시 쓰기를 익혀 나가는 것도 훌륭한 방법이다. 무턱대고 시작하는 것보다 빠른 성과를 거둘 수 있어 시를 짓는 데에 좀 더 흥미를 느낄 수 있다.

사실 시 쓰기는 노래 가사, 랩 쓰기와 어느 정도 일맥상통하는 부분이 있다. 많은 작사가와 래퍼들은 노트나 메모장을 가지고 다니면서 떠오른 표현과 생각을 즉시 적어 놓곤 한다. 이러한 점에서 시와 음악을 같이 들어보는 것도 좋은 자극이 될 수 있다. 정지용 시인의 시 〈향수〉에 멜로디를 붙인 가곡을 들어보시라.

어떤 이들은 시를 지어도 그만, 안 지어도 그만이라고 생각할 수도 있다. 하지만 근사한 풍경을 보고 자신만의 시를 지을 수 있다면 얼마나 멋진 일이겠는가. 정신적으로 풍요로워지는 것은 물론, 주위 사람들에게 자랑 아닌 자랑도 할 수 있다. 대단한 시는 아닐지라도 나만의 사색을 녹여낸 한 편의 시가 있다면 공원을 거니는 발걸음이 더욱 즐거워질 거다.

동서양,

과거와
현대의
크로스오버

06

월파정

달맞이섬
가는 다리

별빛 가득한 하늘,
달빛 가득 찬 호수

　　　　　　　　　　호수공원에서 분위기 있는 곳을
꼽자면 월파정을 빼놓을 수 없다. 월파정은 호수공원의 북단에 위
치한 달맞이섬 위에 있다. 호수공원에는 월파정 외에도 학괴정이
라는 정자가 하나 더 있는데 조망이 좋은 월파정이 단연 인기가
더 많다.

　　한울 광장에서 노래하는 분수대로 향하는 산책로를 걷다 보
면 왼편으로 작은 아치형 돌다리가 보인다. 이 다리를 건너면 바
로 달맞이섬이다. 육지와 매우 가까워 언뜻 보면 섬이라는 사실을
알아차리기 힘들다. 달맞이섬 앞에는 장승 한 쌍이 서 있다. 우는
건지 웃는 건지 알 수 없는 표정을 짓고 있다. 주변에는 다양한 현
대미술 작품들이 전시되어 있어 전통과 현대의 묘한 조화를 감상

할 수 있다.

월파정은 전통적인 팔각 형태의 정자다. 2층으로 이루어져 있어 호수를 내려다보기에 특히 좋다. 형태를 본떠 '팔각정'이라 불리다가 '월파정'이라는 이름을 새로 얻었다. '달 월月'자에 '물결 파波'자를 써서 '달빛의 파도'라는 뜻인데, 개인적으로 무척이나 마음에 드는 이름이다.

예로부터 우리 민족은 풍류를 즐겼다. 옛 선비들은 물 좋고 산 좋은 곳에 정자나 누각을 지어 놓고 놀았다. 조상들의 문화가 현대까지 이어졌는지, 사람들이 월파정에 올라 풍류를 즐기는 모습을 심심찮게 볼 수 있다. 조선시대 선비가 된 것처럼 월파정에 올라 호수공원을 내려다보면, 고작 몇 미터 위로 올라갔을 뿐인데 신기하게도 공기가 더 신선해진 것 같다. 햇빛을 받아 반짝이는 공원이 보인다. 나뭇잎을 스치는 바람 소리도 들린다. 정자 근방에서 오손도손 담소를 나누는 어르신들의 목소리가 정겹다. 월파정에서 내려다 본 호수는 헨리 데이비드 소로Henry David Thoreau가 집필한 《월든Walden》의 한 대목을 떠올리게 한다.

월파정

"월든 호수는 똑같은 관측 지점에서 보더라도 어떤 때는 청색으로 어떤 때는 초록색으로 보인다. 하늘과 땅 사이에 놓인 이 호수는 양쪽의 색깔을 다 가지고 있는 것이다. 언덕 위에서 보면 호수는 하늘의 색을 반영하고 있지만 가까이에서 보면 모래가 보이는 호숫가의 물은 누런 색조를 띠고 있으며, 조금 더 깊은 곳은 엷은 녹색, 그리고는 점차로 색이 진해져서 호수의 중심부를 포함한 대부분의 물은 한결같이 짙은 초록색이다. 빛의 상태에 따라서는 언덕 위에서 보더라도 호숫가 근처의 물이 선명한 초록색일 때가 있다."

나도 모르게 유행하는 노래의 한 소절을 흥얼거려 본다. 누군가가 날 쳐다보는 것 같지만 신경쓰지 않는다. 소로처럼 호수의 모습을 묘사할 필요도, 선비들처럼 시를 지을 필요도 없다. 그저 호수가 주는 여유로움에 흠뻑 빠져들 뿐이다. 청아한 거문고 소리가 호수 위로 울려 퍼지는 듯하다.

해가 진 후 월파정은 낮과 전혀 다른 분위기를 지닌다. 낮에는 전통적인 풍류가 흘렀다면 밤에는 도시와 야경, 달빛이 어우러져 독특한 정취를 자아낸다. 달 밝은 저녁, 월파정에 오르면 넘실

©푸른도시사업소

달 밝은 저녁,
넘실대는 호수에
반사된 달빛이
마치 달빛의
파도처럼 보인다.

•

대는 호수에 반사된 달빛이 마치 달빛의 파도처럼 보인다.

월파정에서 내려다보는 호수공원의 야경은 생각보다 도시적이다. 정면으로는 조명을 받은 호수교가 아련하게 보이고 왼편으로 보이는 라페스타, 웨스턴돔에서 화려한 불빛이 번쩍인다.

어두운 호수에 불빛이 비쳐 아련하게 흔들린다. 어디선가 차분한 피아노 소리가 들리는 듯하다. 어디서 들어봤는데……. 그래, 드뷔시의 '달빛'이다. '달빛'은 프랑스 인상주의 작곡가인 드뷔시가 작곡한 피아노곡이다. 잔잔하고 서정적인 피아노 멜로디가 가슴을 어루만져준다. 1800년대에 작곡된 곡이지만 전혀 촌스럽지 않다. 은은한 달빛 위로 울려 퍼지는 피아노 소리가 심금을 울린다.

고양국제꽃박람회나 고양호수예술축제 등 호수공원에서 진행되는 굵직한 행사의 폐막식에는 어김없이 불꽃놀이가 열린다. 월파정에서 불꽃놀이를 감상하며 들을 만한 곡으로는 영국 출신의 록밴드 콜드플레이Coldplay의 'A Sky Full Of Stars(별이 가득한 하늘)'가 있다. 2014년 발표된 이 곡은 일렉트로닉과 락 음악을 크로스오버한 좋은 예이다. 가사는 제목처럼 굉장히 낭만적이다. 사랑하는 사람을 별들로 가득한 하늘에 비유하며 진심을 고백한다. 콜

호수공원의 야경
은 생각보다 도시
적이다.

드플레이의 라이브 콘서트에서는 이 곡을 연주하며 별 모양의 작은 종이를 잔뜩 뿌린다. 절정으로 치닫는 멜로디 위로 마치 유성우처럼 종이가 떨어지는 광경은 그야말로 장관이다.

이 노래를 들으면 다시 알퐁스 도데Alphonse Daudet의 《별The Stars》이 떠오른다. 밤하늘의 숱한 별들 아래, 자신의 어깨에 기대 잠든 스테파네트 아가씨에 대한 순수한 사랑을 고백하는 목동의 모습이 그려진다.

"…별들의 결혼에 대해 설명하려는데, 어깨 위로 부드럽고 상큼한 무언가가 살포시 내려앉는 게 느껴졌습니다. 리본과 레이스의 사각거리는 소리와 함께 잠이 든 아가씨의 곱슬머리가 내 어깨에 살며시 닿은 것이었습니다. 대지로 서서히 퍼지는 햇빛과 마지막까지 남아 있던 별들이 희미하게 사라질 때까지 아가씨는 내 어깨에 기댄 채 꼼짝도 하지 않았습니다. 나는 마음 깊은 곳에서 약간의 흔들림을 느꼈습니다. 하지만 아름다운 생각만을 갖게 한 그 별빛 가득한 밤을 떠올리며 성스럽고 순결한 마음으로 아가씨의 잠자는 모습을 바라보았습니다. 우리 주위로 별들이 큰 무리를 지을 양 떼처럼 조용하고 얌전히 그들의 운행을 계속하고 있었습니다. 그 순

간 나는 이런 상상을 했습니다. 저 많은 별들 중에서 가장 아름답
고, 가장 빛나는 별이 길을 잃고 헤매다 내 어깨에 내려앉아 잠시
잠들어 있다고."

밤하늘을 수놓는 별과 불꽃놀이를 바라보면서 서로에게 못했
던 이야기를 꺼내보는 것은 어떨까. 매일 저녁 월파정에서는 동양
과 서양, 고전과 현대가 교차한다.

호수공원 추천

데이트 코스

1코스 : 화려하고 발랄한, 톡톡 튀는 데이트를 원한다면?

라페스타, 웨스턴돔 → 한울 광장 → 장미원 → 월파정

사람이 북적이고 활기찬 곳을 좋아하는 이들에게 추천하는 코스다. 라페스타, 웨스턴돔에서부터 한울 광장을 지나 장미원, 월파정으로 이르는 이 길은 짧은 시간에 많은 볼거리를 즐길 수 있다. 특히 장미원 근방의 산책로에서 호수와 나무, 풀이 어우러진 아름다운 풍경을 즐길 수 있다. 가장 좋은 시간대는 점심 먹고 오후 2~4시다. 근처 상점가 라페스타나 웨스턴돔에서 점심을 해결해도 좋고 직접 음식을 싸와도 좋다.

　한울 광장에 들어오면 커다란 돌계단인 석계산이 바로 정면으로 보인다. 호수를 내려다보기에도 좋고, 커플 사이의 추억을

사진으로 남기기에도 좋은 곳이다. 한울 광장에서 장미원 쪽으로 향하는 길은 두 갈래인데 호수에 가까운 왼쪽으로 가자. 오른쪽 길은 자전거 도로와 보행자 도로가 붙어 있는데다가 호수가 보이지 않아 로맨틱한 분위기가 살지 않는다. 호반을 따라 늘어선 버드나무와 메타세쿼이아 나무를 보면서 걸어가자. 산책로 좌우의 잔디밭에 자리를 잡고 오붓한 시간을 보내도 좋다. 그늘에 돗자리를 깔고 누워 비스듬하게 하늘을 올려다 보는 그 기분은 말로 표현할 수가 없다.

　　장미원에 도착하면 수많은 장미들이 반겨준다. 신선한 장미의 진한 향기를 맡으면 기분이 좋아진다. 장미원은 그리 크지 않아 10~20분이면 전체를 둘러보는 데에 충분하다.

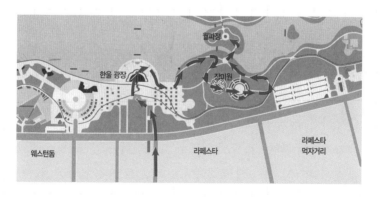

뭔가 아쉽다면 조금 더 걸어 월파정까지 가보도록 하자. 월파정에 올라 내려다보는 호수의 경치 또한 로맨틱하다.

추천 계절 및 시간대 5~8월의 한낮. 장마 때는 피하자.
준비물 돗자리 혹은 깔개, 스마트폰
추천 셀카 포인트 석계산 위에서 호수를 배경으로, 석계산 아래에서 석계산을 배경으로, 한울 광장 나무 아래 알록달록한 벤치, 장미원 안, 산책로
음식을 먹을 수 있는 곳
1) 한울 광장에서 장미원 사이의 산책로 근방 잔디밭(잘 모르겠으면 산책로를 따라가자. 좌우로 사람들이 자리를 펴고 앉은 것을 발견할 수 있을 것이다.)
2) 한울 광장 평상(주로 어르신들이 상주하시기 때문에 타이밍 잡기가 쉽지 않을 것이다. 잔디밭에 비해 추천할 만한 곳은 아니지만 벌레나 잔디밭에 대한 거부감이 있는 사람들에게 권하는 곳이다.)
화장실 한울 광장

2코스 : 로맨틱한 데이트를 즐기고 싶을 땐?

라페스타, 웨스턴돔 → 한울 광장 → 호수교 → 애수교 → 인공 폭포

2코스는 1코스에 비해 덜 화려하지만 서로에게 집중할 수 있는 시간을 가질 수 있다. 이 코스의 핵심은 바로 애수교다. 애수교는 각종 드라마의 촬영지로 쓰일 정도로 그 로맨틱한 분위기를 인정받은 곳이다. 비교적 낮게 설계되어 있어 호수 위를 스치듯 건너갈

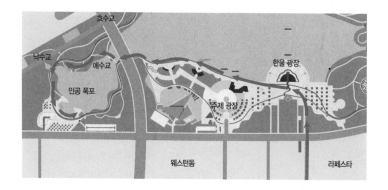

수 있다. 애수교 양옆에는 걸터앉을 수 있는 발판이 있다. 애수교에 앉아 인공 폭포를 바라보거나, 발밑으로 지나다니는 팔뚝만한 잉어를 보면서 못했던 이야기를 하자.

햇빛이나 더위를 싫어한다면 호수교 아래에 앉아있을 수 있지만 다리 밑 특유의 소음은 감수해야 한다. 호수교 아래에는 음식을 먹을 수 있는 평상과 테이블 일체형 벤치가 있다. 애수교에 앉아 있는 것이 지루하다면 호수 건너편으로 보이는 인공 폭포까지 걸어가는 것도 좋다. 겨울에는 인공 폭포에 얼음 폭포가 조성되어 색다른 볼거리를 제공한다.

추천 계절 및 시간대 5~8월의 한낮
준비물 햇빛을 가릴 만한 물건

추천 셀카 포인트 한울 광장 석계산, 애수교 위, 인공 폭포

음식을 먹을 수 있는 곳 호수교 아래 평상 및 테이블 일체형 벤치

화장실 한울 광장, 폭포 광장

3코스 : 좀 더 다양한 볼거리를 원한다면?

자연학습원 → 노래하는 분수대 → 원마운트

3코스는 시간에 따라 서로 다른 볼거리를 즐길 수 있다는 점이 특별하다. 낮에는 자연학습원 위주로 구경하는 것을 추천한다. 자연학습원 안에 위치한 작은동물원에서는 면양, 토끼, 염소의 일종인 쟈넨 등을 구경할 수 있다. 또한 수생식물원에서는 평소에 흔히 보기 어려운 연꽃과 수련을 많이 볼 수 있다.

　　저녁에는 노래하는 분수대에서 음악 분수 공연을 보면 된다.

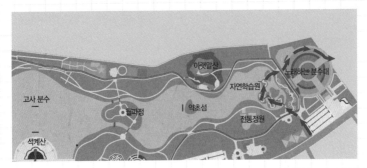

계절에 따라 다르지만 주로 저녁 8시경에 시작한다. 시원한 물보라와 음악, 그리고 조명이 낭만적인 분위기를 자아낸다. 노래하는 분수대를 둘러싼 광장에는 편의점과 화장실이 설치되어 있으며 상점가 원마운트와 접해 있어 식사, 영화 관람, 쇼핑 등 다양한 활동을 할 수 있다.

추천 계절 및 시간대   5~8월의 대낮 혹은 저녁 8시 이후
준비물   음악 분수 공연을 보기 위한 깔개
추천 셀카 포인트   자연학습원 내부
음식을 먹을 수 있는 곳   노래하는 분수대 광장
화장실   노래하는 분수대 광장, 자연학습원 앞 공터

4코스 : 호젓한 산책길 데이트

마두역 → 폭포 광장 → 인공 폭포 → 메타세쿼이아 길

4코스는 메타세쿼이아 길에서 산책을 즐기는 코스다. 호수공원 안이지만, 호수로부터 벗어나 산책을 즐길 수 있다는 점이 특별하다.

　　지하철 3호선 마두역 2번 출구로 나와 앞쪽의 2차선 도로를 건너자. 육교가 보일 때까지 근린 공원을 따라 쭉 걸어가자. 육교

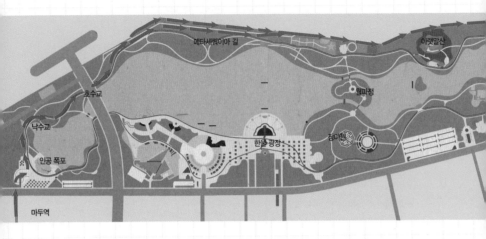

를 건너면 호수공원 폭포 광장에 도착한다. 육교에서 내려오자마자 왼편으로 꺾으면 메타세쿼이아 길로 향하는 길이다.

이 코스는 1,2,3코스에 비해 호젓한 산책을 즐길 수 있다. 지나다니는 사람이 적기 때문이다. 갈 때는 메타세쿼이아 길로 가고 올 때는 호수를 바라볼 수 있는 산책로로 오면 느긋하면서도 지루하지 않은 데이트를 즐길 수 있다.

추천 계절 및 시간대   사시사철
준비물   운동화(메타세쿼이아 길은 호수공원의 산책로 중 유일한 흙길로, 자전거 출입이 금지되어 있다.)

추천 셀카 포인트   메타세쿼이아 길, 인공 폭포

음식을 먹을 수 있는 곳   폭포 광장

화장실   폭포 광장, 메타세쿼이아 길 초입

5코스 : 아무도 모르는 곳에서 특별한 추억을 만들고 싶을 때

폭포 광장 → 샘터 광장

남들 다 가는 곳이 싫다는 사람들에게 추천하고 싶은 코스다. 호수공원의 외진 곳에 위치한 샘터 광장은 지역 주민들에게도 생소한 곳이다. 인적이 드문 4코스보다도 사람이 적어 둘만의 시간을 갖기에 적합하다. 다만 호수공원에 처음 온 경우라면 그래도 호수공원의 주요 지역들을 먼저 보는 것을 추천한다.

폭포 광장에서 메타세쿼이아 길 쪽으로 가다 보면 조그마한

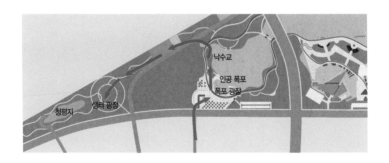

다리(낙수교)가 하나 나온다. 다리를 건너면 두 갈래 길이 나오는데 왼쪽 길을 택한다. 바로 보이는 조그마한 쪽문으로 나가 다시 왼쪽으로 꺾자. 농구장과 게이트볼장을 지나 산책로를 걷다 보면 샘터 광장이 나온다. 샘터 광장을 중심으로 20~30분 정도의 산책을 즐길 수 있다. 강아지를 산책시키는 지역 주민들이 많이 보인다. 샘터 광장 옆에는 청평지라는 연못이 있는데 일산호에 물이 유입되기 전에 잠시 머무르는 곳이라는 것을 알아두자.

추천 계절 및 시간대 사시사철(저녁에는 으슥하긴 하다. 대신 그만큼 로맨틱하다.)
준비물 음료수(샘터 광장 쪽에는 매점이나 자판기가 없다.)
추천 셀카 포인트 인공 폭포, 샘터 광장 산책로
음식을 먹을 수 있는 곳 샘터 광장
화장실 게이트볼, 농구장 옆

걷기의

리듬

07

산책로, 하나

산책로

호수공원을
걷는 사람들

시원한 바람이 부는 8월의 어느 날
이었다. 점심을 먹고 소화도 시킬 겸 호수공원에 산책하러 갔다.
날씨가 좋아서 그런지 꽤나 많은 사람들이 호수공원을 걷고 있었
다. 나 역시 사람들의 물결에 자연스럽게 휩쓸려 호숫가의 산책로
를 따라 걷기 시작했다.

한 사람, 두 사람……. 그냥 걷기 심심해서 내가 추월하는 사
람들을 세어 보았다. 결국 공원을 한 바퀴 다 돌 때쯤에는 얼추
50명 정도를 앞질렀다. 덕분에 느긋하게 풍경을 구경하지는 못했
지만 평소에 몰랐던 색다른 재미를 느낄 수 있었다. 다음에는 나
보다 빨리 걷는 사람들을 세어볼까.

인간에게 '걷는 것'은 너무나 자연스러운 행위다. 누군가 딱

히 가르쳐 주지 않아도 서고, 걷는 법을 배운다. 어딘가를 향해 걸어갈 때 우리는 스스로 걷는다는 사실을 의식하지 못하는 경우가 많다. 그런데 신기한 것은 보폭, 다리 길이, 근육의 유연성 및 고유한 습관 등에 의해 자신만의 '리듬'이 생긴다는 점이다. 어딘가로 걸어갈 때 의도하지 않아도 일정한 리듬으로 걷게 된다.

호수공원을 걷는 사람들 또한 마찬가지다. 언뜻 보면 똑같이 걸어가는 듯 보이지만 사실 저마다 다른 몸짓, 다른 리듬으로 걷고 있다. 걷는 이유 또한 사람마다 다르다. 어떤 이는 건강을 위해 걷고, 어떤 이는 휴식을 위해, 또는 사색에 잠기기 위해 걷는다. 걷는 목적에 따라 저마다 다른 리듬이 느껴지기도 한다.

폭포 광장에서 한울 광장으로 가는 도중 신나게 뛰어다니는 아이들을 보았다. 마치 모차르트의 음악처럼 발랄하고, 경쾌한 리듬이 온몸에서 느껴진다. 이리저리 서로 쫓아다니며 스타카토로 발바닥을 땅에 찍는 소리가 귓가에 울린다.

한울 광장에서 걷고 있는 10대들이 보인다. 근처 번화가인 라페스타와 웨스턴돔에서 놀다가 공원에 들어온 모양이다. 교복을 입은 학생들이 왁자지껄 떠들면서 우르르 몰려다닌다. 친구들끼리 장난치면서 폴짝대는 모습을 보니 클럽, 하우스 음악 등

EDMElectronic Dance Music의 리듬이 느껴진다. 공원을 걷는 그들의 발걸음에서 감출 수 없는 젊음과 활기가 느껴진다.

20대 커플이 데이트를 즐기는 모습도 보였다. 누가 커플 아니랄까봐 애수교를 건너고 있었다. 천천히 발을 맞춰가면서 걷는 모습에서 조심스러우면서도 기대감에 찬 마음이 느껴진다. 두근거리는 가슴을 안고 앞으로 다가올 미래를 기다리는 모습에서 허밍어반스테레오의 달달한 음악이 흘러나온다.

40~50대 아줌마들도 보인다. 오리 주둥이 모양의 마스크와 썬캡으로 얼굴을 가린 채 힘차게 팔을 휘두르며 걷고 있다. 투박하지만 강인한 활력과 의지가 느껴진다. 에어로빅 음악? 새마을 운동 주제가? 아무래도 좋다.

보행기를 잡고 천천히 걸어가는 할아버지도 보인다. 보행기에 의지해 한 발을 떼면 나머지 한 발이 따라오는 식으로 차근차근 걷고 계셨다. 주름이 자글자글하고 백발이 성성하지만 아직 남아 있는 기골을 보니 젊었을 때 힘깨나 쓰셨을 것 같다. 보행기를 짚으면서까지 넓은 공원을 걷는 할아버지의 모습에서 핸델의 '사라방드Sarabande'가 흘러나온다. 둥. 둥. 첫 두 박자의 장중한 북소리에서 비장한 할아버지의 모습이 떠오른다.

호수공원에
귀 기울여 보자!

보통 사람들은 일상적으로 들리는 소리에 상당히 둔감하다. 예를 들어, 자신이 걷는 발소리, 귀를 스치는 바람 소리, 옆에 있는 사람이 전화하는 소리 등 다양한 소리가 있지만 일상 속에서 별로 의식하지 않는다.

　　호수공원에서도 갖가지 소리를 들을 수 있다. 다만 그 소리 하나하나에 별다른 주의를 기울이지 않고, 의미를 부여하지 않기 때문에 스치듯 지나갈 뿐이다. 쉽게 지나쳐버린 소리에 한번쯤 귀

를 기울여 보는 것은 어떨까? 여태껏 무시하고 지나갔던 소리들이 새롭게 들리는 것을 느낄 수 있다.

자연의 소리

호숫물이 출렁이며 찰싹이는 소리, 바닥 분수에서 물이 바닥으로 후두두둑 떨어지는 소리, 바람이 불어 나뭇잎이 부스럭거리는 소리, 귓가에 부는 바람 소리, 잉어가 물속에서 첨벙이는 소리

사람 소리

지나가는 사람들의 말소리, 웃음소리, 누군가를 부르는 고함 소리, 코를 훌쩍이는 소리, 하품하는 소리, 동물을 보고 '이리와~' 하면서 가볍게 혀를 차는 소리, 무릎을 탁 치는 소리, 허리를 돌렸을 때 나는 뚜두둑 소리, 재채기 소리, 발에 걸려 넘어지는 소리, 미끄럼틀 타는 소리, 외국인이 말하는 어설픈 한국어 소리, 영어·

스페인어·중국어·일어 등 다양한 나라 사람들의 말소리, 팔굽혀
펴기하는 아저씨가 끙끙대는 소리, 새벽에 단체로 체조하는 사람
들의 구령 소리

기계 소리

자전거 페달을 밟을 때 체인이 내는 소리, 공원 바깥쪽에서 들리
는 차 소리, 바닥 타일을 교체하는 소리, 인라인 스케이트를 탈 때
나는 바퀴 소리, 자전거 경종 소리, 나이 지긋한 노인이 짚는 보행
기 소리, 장기판에 말이 탁 하고 부딪히는 소리, 벤치에 앉아 두들
기는 노트북 자판 소리, 순찰 오토바이 소리, 전기 차가 지나가는
바퀴 소리, 스피커에서 흘러나오는 미아 안내 방송 소리, 유모차
가 도르르 굴러가는 소리, 피프틴 정류소에서 삑 하고 울려나오는
경고음 소리, 굴러가는 스케이트보드 소리

동물 소리

공원 바깥에서 들리는 개 짖는 소리, 조그만 애완견이 멍멍 짖는
소리, 모르는 개들이 서로 만나 으르렁거리는 소리, 어딘가에서
지저귀는 이름 모를 새소리, 딱따구리가 나무를 쪼는 소리, 비둘

기가 푸드덕대는 소리

기타

발을 끌 때 나는 소리, 걸을 때 바지의 옷감이 부딪혀서 내는 소리, 다리 밑에서 울리는 사람들 말소리, 탕탕 튀기는 농구공 소리, 조깅하는 여자의 이어폰 사이로 흘러 나오는 댄스 음악 소리, 꼬마들이 신은 삑삑이 신발 소리, 호수에 빗물이 떨어지는 소리, 길에 덮인 눈을 밟을 때 나는 뽀드득 소리, 낙엽 밟는 소리, 바닥 분수에서 뛰노는 아이들의 웃음 소리, 귓가에 울리는 벌레의 날갯짓 소리, 자전거 탄 노인들이 트는 흘러간 유행가 소리, 연잎 위로 물방울이 구르는 소리

이삭
줍는

여인들

08

산책로, 둘

가을 호수공원

잡초 뽑는
할머니들

푸른 이파리들이 누르스름해질 무렵, 여느 때처럼 공원에서 산책 중이었다. 사람이 별로 없기도 했고, 심심하기도 해서 자전거 도로와 산책로를 번갈아 걷고 있었다. 진홍색 자전거 도로와 녹색 산책로가 유난히 선명한 대비를 이루고 있었다. 그러던 중 잔디밭에 사람들이 쪼그리고 앉아 있는 것이 보였다. 할 일 없는 아저씨들이 술판이라도 벌이고 있나 싶었지만 가까이서 보니 잡초를 뽑고 있는 할머니들이었다.

여름이나 가을에는 호수공원에서 잡초 뽑는 할머니들을 가끔 볼 수 있다. 잔디밭에 쪼그리고 앉은 할머니들이 왁자지껄 떠들며 주름진 손으로 잡초를 뽑고 있었다. 호수공원을 더욱 아름답고 깔끔하게 가꾸는 분들이다. 감사한 마음으로 할머니들이 일하시는 모습을 보고 있자니 밀레의 그림 〈이삭 줍는 여인들〉이 떠올랐다.

19세기에 활동한 밀레의 작품은 지금까지도 많은 사랑을 받고 있다. 밀레는 '농부의 화가'라는 별명답게 농촌에서 일하는 사람들의 생활을 그림으로 잘 표현해냈다. 이처럼 일상생활의 모습을 주제로 한 그림을 '장르화'라고 한다. 밀레가 표현한 19세기 프랑스 농부와 눈앞에 보이는 할머니들은 비슷한 일을 하고 있지만 분위기가 사뭇 다르다.

〈이삭 줍는 여인들〉에서는 즐거움, 활기뿐만 아니라 슬픔과 절망도 느껴지지 않는다. 일체의 감정이 배제되어 고요한 분위기를 자아낸다. 어떻게 보면 엄숙한 종교화처럼 보이기도 한다. 〈이삭 줍는 여인들〉에 등장하는 여인들의 모습은 큰 목소리로 떠들며 작업에 열중하는 할머니들과 전혀 다르다. 이는 밀레의 화풍 때문이기도 하지만, 그림에 담겨진 근본적인 정서가 다르다고 할 수 있다.

한민족의 대표적인 정서는 바로 '흥'이다. 이러한 흥을 잘 표현한 것이 조선 후기의 풍속화 화가들, 그중에서도 단원 김홍도다. 그의 〈타작〉이란 그림을 보면 웃옷을 풀어헤친 농부들이 작업에 열중하고 있다. 낟알을 털어내는 농부들의 모습에서 활기가 느

이삭 줍는 여인들

꺼진다. 단순 반복하는 지루한 노동이지만 이상하게도 즐거워 보인다. 농부 한 명이 노래를 흥얼거리는 모습을 떠올려 본다. 하나 둘씩 따라하고 결국 모두가 흥겹게 노래를 부른다. 그림 속에서 왁자지껄한 노랫소리가 흘러나오는 것만 같다.

　　흥의 정서는 몇 백 년이 지난 오늘날에도 이어지고 있다. 작업 중인 할머니들은 마치 김홍도의 그림에서 튀어나온 것처럼 흥겹다. 밀레의 그림에 등장하는 조각 같은 사람들이 아니다. 할머니들은 손으로 잡초를 뽑고, 입으로는 쉴 새 없이 이야기를 한다. 누구네 손자가 어느 대학에 갔다더라, 누구네 집이 사업이 잘 안 된다더라……. 일상 속 이야기가 오가며 흥을 돋운다. 고되고 지루한 일이지만 할머니들의 주름진 얼굴은 밝기만 하다.

호수공원의
조각 예술

한울 광장에서 노래하는 분수대 쪽으로 가는 길에는 호수공원 내에서도 유독 사람이 많다. 산책로 주변에 휴식을 취할 수 있는 공간이 많기 때문이다. 날씨가 좋은 주말이면 놀러 나온 사람들로 잔디밭이 빼곡하다. 어른들은 가만히 앉거나 누워 있는 반면, 아이들은 잔디밭을 뛰어다니기 바쁘다.

잔디밭 위에는 조각품이 많다. 호기심이 많은 아이들은 조각품을 멀리서 보고만 있지 않는다. 조각품을 보면 달려가 직접 만지고, 올라타고, 매달린다. 뭐가 그리 신났는지 시끌벅적한 소리에 자꾸 뒤를 돌아보게 된다.

어렸을 때 어머니와 미술관에 가면 그림보다 조각을 보는 데에 시간을 더 많이 썼다. 2차원 평면에 칠해진 그림보다 3차원으

호수공원의 조각품

조각품과 아이들

로 튀어 나온 조각이 더욱 흥미로웠기 때문이다. 미술책에서 보던 그림과 직접 보는 그림은 별 차이가 없었다. 조각을 책에서 볼 때와 실제로 보았을 때의 차이에 비하면 말이다.

그런데 미술관에 전시된 조각 작품은 손으로 만질 수가 없었다. 직접 작품을 만지고 그 모양과 감촉을 기억하고 싶었지만 빨간 안전줄이 작품 주위에 둘러쳐져 있었다. 못내 아쉬워 안전줄을 만지작거렸는지 지금까지도 줄을 덮고 있는 보드라운 벨벳의 감촉이 선명하게 기억난다. 여전히 전시회에 가면 조각을 직접 만지고 싶은 충동이 든다.

중고등학교 때 배우는 미술 교과서의 조소 단원을 보면 질감이 중요하다고 강조한다. 하지만 보기만 해서 느껴지는 질감과 직접 손으로 만져 볼 때의 질감, 어느 것이 더 실감나겠는가? 조각을 만져보지도 않고 멀리서 보는 것으로 그 본질을 이해했다고 말할 수 있을까?

호수공원에서 아이들은 조각품을 손으로 만지고, 사진을 찍고 심지어 올라타기까지 한다. 그만큼 손의 감촉으로 즐길 수 있는 조각품이 호수공원에 많다는 것이다. 보기만 하는 것보다 직접 만지고 즐기는 것이 기억에 더 잘 남지 않을까. 안전줄로 둘러쳐진 미술관의 작품보다 뻥 뚫린 하늘 아래에서 자유를 만끽하는 호수공원의 조각품이 더욱 친근하게 다가온다.

호수공원이 만들어진 지 얼마 되지 않았을 때는 지금보다 공원을 찾는 사람들이 훨씬 적었다. 공원은 넓은데 지나다니는 사람은 적어서 황량한 느낌마저 감돌았다. 하지만 지금은 다르다. 쓸쓸해 보이던 조각품은 이제 많은 아이들에게 둘러싸여 있다. 조각품 위에 올라탄 한 아이가 보인다. 맑은 눈으로 주위를 둘러보다 한바탕 크게 고함을 지른다.

장미와
탱고

09

장미원

장미원

안개 사이로
보이는 정원

이른 새벽, 아무도 없는 여름 호수 공원의 장미원을 걷는다. 옅은 안개 사이로 보이는 정원은 조용하기 그지없다. 이따금씩 공원 바깥에서 자동차 소리만 들릴 뿐이다. 일부러 터벅터벅 발소리를 내며 수천 송이의 장미들을 깨워본다. 조금 있자 장미에게서 한숨 쉬는 소리, 투덜거리는 소리가 들린다. 늦잠을 즐기고 싶었던 것일까. 꽃잎에 맺힌 이슬이 마치 늘어지게 하품을 하고 난 후 찔끔 뿜어낸 눈물처럼 보인다.

장미는 우리에게 무척이나 친숙한 꽃이다. 문학, 영화, 음악, 그림 등 다양한 예술 작품의 소재로 쓰일 뿐더러 일상에서도 장미를 쉽게 구할 수 있다. 무턱대고 아무 꽃집에나 들어가도 장미를 쉽게 구할 수 있다. 졸업식, 결혼식 등 다양한 축하 행사에도 쓰이지만 특히 사랑 고백에 많이 쓰인다. 장미가 지닌 화려함은 열렬한 사랑을 고백하는 데에 안성맞춤이다.

장미만큼 흔하게 볼 수 있으면서 동시에 강렬한 인상을 남기는 꽃도 드물다. 국화는 수수하고, 진달래는 성숙미가 모자라다. 커다란 해바라기는 어떤가. 장미에 비해 향기가 부족하다. 진한 향기를 내뿜는 검붉은 장미는 농염한 여인의 아름다움을 담고 있다.

장미는 여러 음악 중에서도 특히 탱고와 잘 어울린다. 탱고는 춤과 노래, 그리고 연주가 결합된 아르헨티나의 예술이다. 초기에는 여성을 유혹하기 위해 남성과 남성이 추는 춤이었지만 시간이 흐르면서 남녀 사이의 진득한 애정을 상징하는 춤이 되었다. 바이올린, 베이스, 피아노, 그리고 아코디언과 자주 혼동되는 '반도네온'이 어우러져 독특한 리듬과 선율을 자아낸다. 탱고에 대해 잘 모른다고 걱정하지 마시라. 지나가다 한 번쯤은 들어 봤을 테니까.

카를로스 가르델carlos gardel의 '포르 우나 카베자Por una Cabeza'는 영화 〈여인의 향기〉에서 슬레이드(알 파치노 분)와 도나(가브리엘 앤위 분)가 탱고를 추는 장면의 배경 음악으로도 유명하다. 앞이 보이

터벅터벅 발소리를
내며 수천 송이의
장미들을 깨워본다.

·

새벽의 장미가 떠오른다

지 않는 슬레이드는 한 레스토랑에서 아름다운 여인 도나에게 탱고를 함께 출 것을 권한다. 그녀는 주저하면서도 이에 응한다. 다소 수줍어하는 여인과 맹인이 함께 추는 탱고는 보는 이로 하여금 한없이 순수한 분위기에 젖어들게 한다.

새벽의 장미가 떠오른다. 뜨거운 태양빛을 받은 한낮의 장미와 달리 새벽 장미는 산뜻하다. 화장기 없는 투명한 처녀의 얼굴이랄까. 촉촉한 꽃잎 위로 이슬이 또르르 굴러간다.

아놀드 슈왈제네거 주연의 액션 코미디 〈트루 라이즈〉의 엔딩 장면에서도 같은 음악이 쓰였다. 영화는 스파이로 활동하는 해리(아놀드 슈왈제네거 분)와 해리의 부인 헬렌(제이미 리 커티스 분)이 고난을 헤쳐 나가는 내용이다. 한때 서로에 대한 오해로 갈등의 골이 깊어지기도 하지만 가족이 똘똘 뭉쳐 위기를 극복한다. 전형적인 할리우드 영화답게 해피엔딩이다.

엔딩 장면에서 해리는 흰색 턱시도를 입고 붉은 장미꽃 한 송이를 입에 문 채 춤을 춘다. 헬렌은 해리가 물고 있던 장미를 화끈하게 입으로 낚아채면서 탱고 스텝을 밟는다. 〈여인의 향기〉의 탱고에서 때 묻지 않은 순수함이 드러난다면 〈트루 라이즈〉의 탱고에서는 부부 간의 농밀한 애정이 엿보인다. 비 온 뒤에 땅이 굳는

다고, 산전수전 다 겪은 이들 부부 사이의 탱고는 굉장히 열정적
이다. '열정적인 사랑', 붉은 장미의 꽃말이다.

이따금씩 장미원을 산책하며 아르헨티나의 카미니토 거리를
거니는 상상을 하곤 한다. 탱고의 도시 부에노스아이레스에서도
특히 탱고의 본고장이라 여겨지는 곳이다. 알록달록한 거리 곳곳
에서 탱고를 추는 댄서들을 볼 수 있다고 하는데 한 번쯤은 꼭 가
보고 싶은 곳이다. 하지만 언제쯤이 될까. 별 수 없이 장미원에서
탱고의 끝자락을 살짝 잡아본다. 강렬한 태양 아래 빛나는 장미가
눈에 들어온다. 어디선가 우수에 찬 반도네온 소리가 들리는 것만
같다.

고양국제꽃박람회

고양국제꽃박람회는 4~5월, 호수공원을 무대로 펼쳐지는 일종의 '꽃 축제'다. 꽃전시관을 중심으로 호수교부터 장미원 사이의 공간에서 열린다. 주요 전시는 한울 광장에 접해 있는 꽃전시관에서 진행된다. 이외에도 매년 다양한 주제의 야외 전시가 열리는데, 평소에 접하지 못했던 진기한 꽃, 선인장들이 오감을 즐겁게 한다.

꽃박람회를 즐기는 코스는 크게 세 가지 정도로 나눌 수 있다. 노래하는 분수대 쪽의 주차장에서 시작해 장미원 → 한울 광장 → 꽃전시관으로 향하는 1코스, 한울 광장에서 시작해 꽃전시관 → 장미원으로 향하는 2코스, 그리고 폭포 광장 쪽에서부터 시작해 호수교 → 꽃전시관 → 한울 광장 → 장미원으로 향하는 3코스가 있다.

　가장 무난한 코스는 한울 광장으로 들어와 꽃전시관을 보고, 이어서 장미원까지 갔다 오는 2코스다. 이동하는 거리에 비해 가장 효율적으로 꽃박람회를 즐길 수 있다. 호수교에서부터 장미원까지 전시가 열리긴 하지만 호수교 근처에는 볼거리가 딱히 없다. 어디까지나 꽃박람회의 중심은 꽃전시관, 한울 광장, 그리고 장미원이다. 대중교통을 이용하는 사람들에게 가장 추천해주고 싶은 코스다. 지하철 3호선 정발산역 2번 출구로 나오자마자 왼편을 보면 광장 너머로 육교 하나가 보인다. 육교를 건너면 호수공원 한울 광장으로 들어올 수 있다.

　한울 광장에 첫발을 디디면 간이 부스들이 광장을 가득 메우고 있다. 주로 화훼 관련 업체에서 설치한 것인데 이곳에서 화분을 직접 구매할 수 있다. 작은 화분은 3,000~5,000원 선에서 구매 가능하다. 또한 식물 액자 만들기, 꽃바구니 만들기, 꽃 장식 호루라기 만들기, 꽃을 이용한 책갈피 만들기 등 다양한 화훼 관련 체험을 할 수도 있다.

　주요 전시는 꽃전시관에서 진행된다. 매년 전시 주제가 바뀌지만 사전 정보가 없어도 현장에서 즐기기에 전혀 무리가 없다.

2015년 꽃박람회에서는 세계의 다양한 화훼를 관람할 수 있는 '세계 화훼 교류관'을 중심으로 실내 전시가 펼쳐졌다. 그 밖에도 꽃과 영상, 음악 등 다양한 매체를 결합한 '고양 신한류 합창관'과 북한의 화훼를 소개하는 '평화 통일 전시관'이 눈길을 끌었다. 실내 전시는 입장권을 내고 들어가야 하는데 2015년 기준으로 성인 요금이 10,000원이다. 대중교통을 이용한 일반 관람객은 현장권 금액에서 1,000원이 할인된다. 전시와 요금에 대한 자세한 정보는 고양국제꽃박람회 홈페이지(flower.or.kr)에 안내되어 있다.

이제 장미원으로 갈 차례다. 꽃전시관을 나와 주제 광장을 지나 한울 광장의 끝으로 가자. 왼쪽에는 호숫가로 이어진 산책로가 있고 오른쪽에는 자전거 도로와 산책로가 나란히 붙어 있는 길이 있다. 왼쪽 산책로를 따라 걸으며 아름다운 공원의 풍경을 즐겨보자. 호반을 따라 걷다 보면 신선한 봄 향기가 코를 간지럽힌다.

산책로를 따라 걷다 보면 장미원에 도착한다. 벌써부터 강렬한 장미 향기에 숨이 막히는 것 같다. 원형 정원인 장미원과 초화원이 맞닿아 있는데, 보통 뭉뚱그려서 '장미원'이라 부른다. 그리 크지는 않지만 다양한 장미가 오밀조밀 모여 있어 근사한 풍경을 연출한다. 정원 가운데에는 로마의 미의 여신, 비너스의 조각상이

©고양신문

서 있어 이국적인 분위기를 자아낸다. 다양한 품종의 크고 작은 장미들이 정원을 가득 메워 눈과 코를 즐겁게 한다. 장미는 고양시의 시화市花이기도 하다.

사람에 따라 다르겠지만 한울 광장 → 꽃전시관 → 장미원을 느긋하게 구경하면 대략 2시간 정도가 걸린다. 풀내음 가득한 공원에서 색색의 꽃으로 장식된 정원을 감상하다 보면 내면의 감성이 깨어나는 것을 느낄 수 있다. 일전에 꽃전시관에서 본 글귀가 떠오른다.

"꽃은 장식만을 위한 게 아닙니다. 감성을 키워주는 비타민입니다."

일장춘몽,

회화나무
아래

10

회화나무 광장

회화나무

나무 그늘 아래 낮잠
한 번 자고 일어났는데

　　　　　　　　　　일을 하다 우연히 알게 된 분이 있
다. 으레 하는 것처럼 서로에 대한 기본 정보를 교환하면서 일산
호수공원에 대한 책을 쓰고 있다고 이야기했는데 이게 웬걸, 일산
에 살고 계신단다. 반가운 마음에 버스는 뭘 타고 다니는지, 학교
는 어디를 다녔는지 이것저것 묻다 보니 일은 뒷전이고 수다 삼매
경에 빠져버렸다. 그러다가 자연스레 호수공원에 대한 이야기를
꺼내게 되었다.

　　"호수공원에 200년 넘은 나무가 있대요."

　　"정말요? 어디에요?"

　　"회화나무 광장에요. 그 회화나무가 글쎄, 200년이 넘게 그
자리에 있었대요."

"회화나무 광장이 어디죠? 그런 곳도 있었나요?"

일산에 십 년 넘게 거주한, 그것도 종종 호수공원에 들르는 사람이 회화나무 광장을 모른다니. 하긴 호수공원에서 가장 오래된 나무가 있음에도 불구하고 사람들이 잘 모르는 곳이다.

회화나무 광장은 그리 큰 광장이 아니다. 회화나무 또한 광장 구석에 있는 데다가, 나무 자체가 멀리서 한눈에 들어올 정도로 거대하지도 않다. 그래서 작정하고 찾지 않는 이상 이곳을 발견하기 어려울 수도 있을 것이다. 호수공원의 회화나무는 조선 후기에서 지금까지 이르는, 거의 200년 남짓한 세월을 보내며 묵묵히 서 있을 뿐이다. 과거의 흔적이 남아 있는 사물을 신도시 일산에서 찾아보기 힘들기에 더욱 특별하다.

회화나무는 우리에게 그렇게까지 친숙한 나무는 아니다. '홰나무 괴槐'자를 쓰지만 회화라고 읽는 점이 특이하다. 홰나무 괴槐자는 나무 목木자에 귀신 귀鬼를 합쳐 만든 글자다. 글자 그대로 잡귀를 물리치는 나무로 여겨져, 조선시대 궁궐이나 마을, 서원 등의 입구에 많이 심었다고 한다.

또한 회화나무는 '학자수學者樹'라 불리기도 했다. 자유분방하게 뻗은 회화나무의 기상이 학자가 나아가야 할 길과 비슷하다

고 보았기 때문이다. 현재 유통되는 천 원짜리 지폐 뒷면에 그려진 도산서원에도 회화나무의 모습이 보인다.

유명한 고사성어 '일장춘몽—場春夢'에 등장한 나무도 바로 회화나무다. 중국의 당나라에 순우분이라는 사람이 살고 있었는데, 친구들과 회화나무 아래에서 술을 마시고 잠이 들었다. 잠에서 깨어난 순우분의 앞에 '괴안국槐安國'이라는 나라에서 온 관원들이 있었다. 순우분은 이들을 따라가 괴안국의 부마가 되고, 남가군의 태수 자리에 오르게 되었다. 그 후 20년간 다섯 아들과 두 딸을 두고 고을을 다스리며 백성들의 칭송을 받았다.

그런데 시간이 흘러 순우분을 시기하는 사람들이 나타났고, 괴안국의 국왕은 순우분에게 잠시 고향으로 돌아가 있으라고 명한다. 고향에 돌아온 순우분은 처마 밑에서 큰 소리에 놀라 깨고, 모두 꿈이었음을 깨닫게 된다. 깜짝 놀라 나무 아래를 살펴보니 남가군의 형상을 하고 있는 개미집이 있었다. 이것이 '괴안몽', 즉 '일장춘몽'에 얽힌 이야기다. 아쉽게도 호수공원의 회화나무 아래에는 낮잠을 잘 만한 공간이 없다. 밑동에 개미집 같은 것도 보이지 않는다.

약간 얼룩덜룩한 나무기둥을 보니 일전에 호수공원 문화해설

사님에게 들은 이야기가 떠오른다. 90년대 초반에 한강이 넘치는 큰 물난리가 났는데, 이 회화나무에까지 물이 차올랐다고 한다. 얼마나 심각한 수해였으면 한강에서 꽤나 떨어진 이곳까지 물이 찼는지 궁금하다. 요새 들어 부쩍 심해진 이상기후와도 연관이 있었을까. 자연에 손을 대는 인간들에게 경고의 메시지를 보낸 것은 아니었을까.

처음 호수공원이 만들어졌을 때는 정말이지 공원의 모든 풍경이 조화를 이루지 못하고 있었다. 나무와 풀이 매우 부족해 군데군데 빈 공간이 많았다. 게다가 호수는 쇠 느낌이 고스란히 묻어 나오는 스테인리스 난간으로 둘러싸여 있었다. 그런데 사람들이 난간을 나무 울타리로 교체하고, 초목을 꾸준히 심으면서 호수공원은 점차 자연의 모습을 닮아 가고 있다. 역설적이지 않은가. 사람의 손길이 닿으면 닿을수록 자연 본래의 모습을 되찾아가고 있다는 것이 말이다.

호숫가의
전통정원

회화나무 광장은 제2주차장과 붙어 있어 타지에서 온 방문객들이 첫발을 내딛는 곳이기도 하다. 회화나무 광장을 거쳐 산책로를 따라 호숫가를 걷다 보면 '전통정원'이라 쓰인 팻말 옆으로 가느다란 길이 나 있다. 길의 끝에는 조선시대 전통 양식으로 지어진 협문 夾門이 있다.

　　협문을 지나면 전통정원이 한눈에 들어온다. 정면으로는 '방지方池'라 불리는 사각형 연못이 있고 그 위의 섬

에는 자그마한 소나무가 심어져 있다. 오른편에는 초정과 사모정 두 정자가 있다. 한국 고유의 건축 양식으로 지어져 서양식 정원인 장미원과는 또 다른 매력을 뽐낸다. 협문 왼편으로는 정원 전체를 나타낸 조감도가 있다. 초크아트chalk art로 제작되어 정원의 분위기와 잘 어울린다.

안내판에는 '호숫가의 전통정원'이라고 되어 있지만 사실 호숫가와는 조금 거리가 있는 편이다. 호숫가에 있다기보다는 산속에 파묻혀 있는 것 같다. 1,500평의 부지 위에 지어졌다는데 보기에는 그리 넓어 보이지 않는다. 정원을 둘러싼 나무와 담, 땅에 가깝게 지어진 정자, 그리고 아담한 연못이 전체적으로 아늑한 분위기를 자아낸다.

여름에는 방지 위로 싱그러운 백색 연꽃이 고개를 내민다. 사모정 뒤편의 풀숲에서 산뜻한 향기가 불어온다. 특히 더위를 피할수 있어 초정과 사모정이 인기가 많은데, 사모정에는 주로 아주머니들이 앉아 있고 초정은 남녀 커플들이 찾는다. 초정이 좀 더 외진 곳에 있고 2인이 들어가기 적당한 크기이기 때문이다.

전통정원에서 바라보는 설경 또한 근사하다. 이는 공원에서 선정한 '호수공원 8경'에 포함되어 있기도 하다. 오직 전통정원에

•

전통정원

서만 감상할 수 있는 아기자기한 설경을 즐길 수 있다. 야경도 볼 만한데 일부 시민들은 정원을 비추는 상향식 LED 조명에 불만을 표시하기도 한다.

전통정원은 이름에서부터 드러나듯이 한국의 고유한 전통에 많은 의미를 부여한 곳이다. 정원의 나무들은 매화나무, 대나무, 소나무, 산수유나무, 살구나무 등 한국에서 자생하는 종이다. 또한 정원 중앙의 방지는 사각형인 반면 그 안의 섬은 둥근 형태를 취하고 있는데, 전통적인 천원지방天圓地方('하늘은 둥글고 땅은 모나다'는 동아시아 우주론) 사상을 나타낸다.

초정 뒤에는 가와지볍씨 기념비가 있다. 가와지볍씨는 1991년 일산서구 대화동 가와지마을에서 발견된 한반도 최초의 재배볍씨다. 무려 5,020년 전의 볍씨로 밝혀져 한반도 벼농사의 역사를 청동기에서 신석기로 끌어올렸다. 사모정 계단 아래에 심어진 벼 또한 고양의 문화적 특수성을 강조하고 있는데, 가와지볍씨에 대한 자세한 정보는 한울 광장에 있는 고양600주년기념관에서 알아볼 수 있다.

한편 전통정원 조성에는 용인 호암미술관 희원熙園을 만든 정영숙 대표가 참여해 화제가 되었는데, 그는 한국의 정원은 '담백하

텃밭정원

전통정원 앞에는 보리, 고추, 가지, 토마토, 감자 등의 작물이 자라는 텃밭정원
이 있다. 고양 마스터가드너회에서 자원봉사 활동을 나오기도 한다. 계절마다
다른 작물들의 매력을 즐겨보자.

고, 시원하며, 멋있되 그 속에 언제나 곧고 힘찬 기개가 서려 있고,
그래서 절제되고 단아한 멋이 우러나온다'고 평가하기도 했다.

가깝지만
갈수

없는
곳

11

약초섬

약초섬

보물을 찾아
외딴 섬으로

사람들의 왕래가 잦은 달맞이섬에
비해 약초섬은 한적하다. 달맞이섬에는 다리가 놓여 있지만 약초
섬에는 딱히 건너갈 방법이 없다. 섬이 크다고 말할 수는 없지만
호수의 크기를 생각하면 그리 작은 편도 아니다.

회화나무 광장과 마찬가지로, 호수공원을 좀 안다 싶은 사람
도 이 섬에 대해 자세히 모른다. 아니, 애초에 약초섬의 존재 자체
에 신경 쓰는 사람은 그리 많지 않다. 호수공원에 자주 산책하러
오는 사람도 약초섬이라는 이름을 잘 모를 정도로 사람들의 인식
에서 멀어져 있다.

호수공원의 북쪽과 남쪽은 그 풍경이 확연히 다르다. 북쪽 호
수는 남쪽에 비해 좀 더 자연적인 요소가 강조되어 있다. 아랫말

산, 자연학습원, 약초섬까지 이르는 구역은 도시 공원이라기보다 생태 공원에 가깝다. 반면에 남쪽 호수는 도시적이고 깔끔한 느낌이 든다. 이러한 차이는 호수공원의 조성 배경에서 기인한다.

일산호수공원은 사실 자연 호수를 기반으로 조성되었다. 남쪽 호수가 땅을 파고 물을 채워 조성된 '순수' 인공 호수라면 북쪽은 기존에 있던 자연 호수를 토대로 꾸민 호수다. 특히 약초섬 근방의 풍경은 시골의 외딴 호수에 놀러온 것 같은 착각을 불러일으킨다.

약초섬 앞, 장미원에서 자연학습원으로 향하는 산책로 중간에는 가벼운 물놀이를 즐길 수 있는 공간이 있다. 어떻게 보면 자연 선착장처럼 보이고, 어떻게 보면 해변처럼 보이는 이곳은 약초섬을 감상하기 가장 좋은 지점이다. 앉을 수 있는 적당한 크기의 바위가 듬성듬성 놓여 있다.

햇볕이 쨍쨍한 여름날엔 산책을 하다 이곳에서 잠시 쉬면서 약초섬을 바라보곤 한다. 햇볕에 달궈진 뜨끈한 바위에 앉는다. 온돌방에 앉은 것마냥 엉덩이가 점차 따뜻해진다. 기분 좋게 불어오는 바람을 맞으며 약초섬을 바라본다. 빽빽하게 늘어선 나무 때문에 섬의 안쪽이 보이지 않는다. 약초섬에는 대체 무엇이 있을까. 마땅히 건너갈 방법이 없어서 궁금증은 더욱 커져만 간다. 문득 로버트 루이스 스티븐슨Robert Louis Balfour Stevenson의 소설 《보물섬Treasure Island》이 떠오른다.

1883년 출간된 《보물섬》은 보물을 찾아 외딴섬까지 온 일행의 모험을 다룬 소설이다. 소년 짐 호킨스는 에드미럴 벤보라는 여인숙의 주인집 아들이다. 여인숙에 묵던 망나니 (실은 해적선의 부선장) 빌리 본즈에게 보물 지도를 노린 사내들이 찾아오면서 모험이 시작된다. 빌리 본즈가 죽자 짐 호킨스는 그의 유품에서 보물 지도를 발견한다. 이를 알게 된 지주 트릴로니와 의사 리브지가 중심이 되어 보물 사냥을 떠나게 된다.

그런데 섬에 상륙하기도 전에 보물 사냥은 위기를 맞이하게 된다. 바로 선상 요리사 실버가 사실은 해적단의 일원이었던 것. 그는 선원들을 선동해 보물 지도와 배를 빼앗을 흉계를 꾸미고 있었다. 하지만 이를 미리 알게 된 짐 덕분에 지주 일행은 한발 먼저 상륙하는 데에 성공한다.

지주 일행은 해적들과 떨어져 섬 내부의 오두막에 도착한다. 이 오두막을 두고 지주 일행과 해적들 사이에 치열한 쟁탈전이 벌어진다. 먼저 도착한 지주는 오두막 앞에 영국 국기를 게양하지

보물이 숨겨진 섬은
아무나 접근할 수
없다. 보통의 지도에는
나와 있지 않은 조그만
섬이기 때문이다.

·

보물섬

만, 해적들에게 오두막을 내준 후에는 해적기가 펄럭이게 된다.

멍하니 앉아 약초섬에 들어가는 상상을 한다. 나무들 위로 펄럭이는 해적기가 보인다. 검은 바탕에 흰색 해골이 그려져 있는 해적기를 따라 걸어가다 보니 오두막이 하나 나온다. 오두막 문을 두드리니 안에서 거친 목소리가 대답한다. 앵무새를 어깨에 올린 채 능글맞게 웃고 있는 실버가 나온다.

선상 반란의 주동자이자 해적인 실버는 《보물섬》에서 가장 매력적인 인물이다. 그는 어떤 상황에서도 '일신의 안녕과 부를 추구한다'는 그만의 목표에 충실하다. 선상 반란을 통해 보물을 가로채고자 한 이 절름발이 요리사는 어떤 상황에 처하더라도 유연하게 대처한다. 그는 보물에 이르기 위해 체면도 자존심도 버리고 매 순간마다 자신이 할 수 있는 최선을 다한다. 결국 지주 일행에게 잡혀 포로 신세가 되지만, 쾌활함을 잃지 않고 끊임없이 입을 놀리는 그의 모습이 이상하게 싫지 않다.

보물이 숨겨진 섬은 아무나 접근할 수 없다. 보통의 지도에는 나와 있지 않은 조그만 섬이기 때문이다. 망망대해에서 보물섬을 찾으려면 정확한 위치가 표시되어 있는 지도가 필요하다. 설사 보물섬에 도착한다 하더라도 보물을 찾기 위해서는 갖은 노력이 필

·

요하다. 정작 보물이 숨겨진 위치를 찾아도 누군가 한발 먼저 보물을 가져갔을 가능성도 있다. 그러나 이토록 한치 앞을 모른다는 사실이 보물섬으로의 모험을 더욱 매력적으로 만든다.

누구나 어딘가에 묻혀 있을 자신만의 보물을 바라보며 산다. 부, 명예, 사랑, 믿음 등 다양한 가치를 바라보며 살지만 그곳에 도달하는 과정은 쉽사리 예측할 수 없다. 하지만 예측할 수 없기에 우리는 순간순간에 충실하게 되고, 이로 인해 살아 있음을 실감하게 된다.

호수공원에서
사진 찍기

호수공원에는 사진을 찍기 좋은 곳이 정말 많다. 월파정, 장미원, 전통정원, 메타세쿼이아 길……. 열거하자면 끝이 없다. 흔히들 하는 말로 '남는 것은 사진'이라지 않는가. 호수공원의 아름다운 풍경을 카메라 앵글에 담아보자.

인공 폭포 → 벚꽃길 → 애수교

호수공원에서 야경 사진을 찍고 싶다면 추천하고 싶은 코스다. 폭
포 광장 아래의 인공 폭포에는 저녁에 알록달록한 조명이 켜진다.
4월에는 벚꽃 사진을 찍을 수 있다. 해가 진 후에는 벚나무 아래
로 조명이 켜져 야경을 찍을 수 있다. 벚꽃길 끄트머리에 있는 애
수교 또한 은은한 조명을 받아 아름다운 풍경을 자아낸다. 애수교
바로 뒤에 있는 호수교에 올라가면 호수공원이 한눈에 내려다보
인다. 인공 폭포 쪽보다는 한울 광장 쪽 풍경이 근사하다. 호수공

원을 소개하기 좋은 사진을 찍을 수 있다.

추천 시간대 해 진 후부터 10시까지
소요 시간 30~50분

메타세쿼이아 길

사시사철 멋진 사진을 찍을 수 있는 곳이다. 풍경이 단조로워 사진을 못 찍는 사람도 어느 정도 근사한 사진을 찍을 수 있다는 점이 장점이다. 똑같은 위치에서 계절별로 사진을 찍는 것도 재미있다.

추천 시간대 해 지기 전 아무 때나
소요 시간 30분 내외

자연학습원 근처

호수의 자연적인 매력을 카메라에 담을 수 있는 곳이다. 특히 자연학습원에 위치한 수생식물원에서는 평소에 보기 힘든 대규모의 연꽃과 수련을 만날 수 있다. 물 위에 설치된 나무 통로에서 좀 더 가깝게 연꽃과 수련을 찍을 수 있다.

　　또한 아랫말산 근처의 산책로에서는 〈별에서 온 그대〉, 〈드림

하이〉 등의 드라마 촬영지가 있다. 〈별에서 온 그대〉에 등장한 벤치에 앉아 드라마 주인공이 된 것처럼 사진을 찍어보자.

추천 시간대 여름철 새벽부터 오전 시간
소요 시간 20~40분 정도

한울 광장 → 월파정 산책로

이 코스는 호수뿐만 아니라 산책로 주변의 잔디밭에서도 멋진 사진을 찍을 수 있다. 호숫가에 빽빽하게 돋아난 억새가 전원적인 풍경을 연출한다. 잔디밭 한가운데에 있는 특이한 모양의 나무는 이국적인 느낌을 자아낸다.

추천 시간대 여름에서 초가을 오후
소요 시간 30~50분

장미원

장미원에서는 다양한 장미 사진을 찍을 수 있다. 자연학습원과 함께 전문 사진작가들이 애호하는 곳이다. 꽃박람회 기간과 장마 직전의 여름에 가장 인기가 많다. 테마파크에 놀러온 듯한 분위기를 낼 수 있다.

추천 시간대　여름에서 초가을 오후

소요 시간　20분 내외

전통정원

호수공원에서 색다른 사진을 찍을 수 있는 곳이다. 정원 가운데의 연못에는 연꽃이 돋아나 있다. 조선시대로 놀러온 기분을 잠시나마 낼 수 있다. 여름도 좋지만, 특히 겨울 설경이 근사한 곳이다.

추천 시간대　여름과 겨울 아침

소요 시간　20분 내외

호반을
따라

달리는
사람들

12

산책로, 셋

달리기의
미학

호수공원에는 달리기를 즐기는 사람들이 많다. 뿔테 안경을 쓴 빼빼 마른 학생, 붉은 얼굴의 건장한 중년 아저씨, 꼬불꼬불 파마머리 아줌마, 백발이 성성한 할아버지까지 다양한 사람들이 호수공원을 달린다.

사람이 많은 주말이나 공휴일에는 호수공원을 달리는 것이 그리 쉽지만은 않다. 앞쪽으로 달리는 할아버지가 위태롭게 유모차를 피해 지나간다. 달리는 사람들에게 경고하는 자전거 경적 소리도 심심찮게 들린다. 그럼에도 사람들은 호수공원을 달린다. 무엇이 이들로 하여금 호수공원을 달리게 하는 것일까.

일상에서 '뛰는' 사람을 보기란 그리 어렵지 않다. 출근길 횡단보도나, 버스 정류장으로 헐레벌떡 뛰어가는 사람들을 심심찮게 볼 수 있다. 가만히 지켜보면 '정말 뛰고 싶지 않지만 시간이 없으니 어쩔 수 없잖아!' 라는 절규가 들리는 것 같다. 무거운 가방까지 들고 있다면 이 무언의 아우성은 몇 배로 크게 들린다.

반면에 공원을 '달리는' 사람들은 전혀 다른 모습이다. 일상에서 보기 힘든 여유가 느껴진다. 바빠서 뛰는 것이 아니라 순수하게 자기 의지로 달리는 것이다. 티셔츠에 땀이 질펀하게 묻어나오지만 왠지 모를 상쾌한 표정을 짓고 있다. 어떤 이들은 고통스러워 보이기도 하지만, 그 속에 스스로를 뿌듯해하는 성취감이 엿보인다.

달리기는 인간이 할 수 있는 운동 중에 가장 원초적인 운동이다. 어떠한 도구 없이 오직 두 다리만으로도 달릴 수 있다(심지어 요새는 의족이 발달해 다리가 없어도 달릴 수 있는 경우도 있다). 생존을 위해 인류가 계속 달려야 했던 사실은 접어두더라도, 고대 올림픽 행사 종목 중에 달리기가 있었다는 사실은 그만큼 스포츠로서의 달리기 역사가 깊다는 것을 말해 준다.

현대에 이르러 자동차, 자전거 등 이동수단이 발달하면서 달릴 필요를 못 느끼는 사람들이 점차 늘자 달리기는 인간과 멀어지는 듯했다. 하지만 건강에 대한 관심이 높아지면서 달리기는 다시

달리기는 인간이 할 수
있는 운동 중에 가장
원초적인 운동이다.
어떠한 도구 없이 오직
두 다리만으로도 달릴
수 있다.

•

인간의 생활 깊숙한 곳으로 자리를 옮겼다.

달리기, 그것도 마라톤을 위시한 장거리 달리기는 일반인들에게 그리 친숙하지만은 않다. 국내 주요 마라톤 대회에 일반인이 2~3만 명이나 참가하는 등 달리기 열풍이 불긴 했지만, 아직도 호불호가 극명히 갈리는 스포츠라는 점은 변함이 없다.

"내 인생에 있어 단 한 가지, 달리기는 한 번도 좋아해 본 적이 없었다. 더구나 장거리 달리기는 전혀 생각해본 적이 없었다. 그 소모적이고 지루하고 사람을 끄는 매력이 없는 운동을 왜 하는지 이해가 안 되었다. 공 없이 달리는 것은 너무나 지루하다고 생각하고 있었다."

독일의 외무장관이었던 요슈카 피셔Joschka Fischer가 쓴 책《나는 달린다Mein langer Lauf zu mir selbst》의 내용 중 일부다. 공감이 간다고? 사실을 안다면 배신감을 느낄지도 모르겠다. 이 글을 쓴 요슈카 피셔는 이후 달리기에 빠져 달리기 마니아가 된다. 그는 90년대 중반 정치인으로서 성공을 거뒀지만 각종 스트레스에 시달린 나머지 112kg까지 살이 쪘다. 이로 인해 아내와 이혼하게 되는 등 점차 인생이 파국으로 치닫는 듯했지만 달리기를 통해 심신의 건강을 찾았다.

달리기는 중독성이 강한 운동 중 하나다. '러너스 하이runner's high(적당한 강도의 운동을 지속했을 때 느낄 수 있는 황홀경)'를 경험해 본 사람이라면 쉽사리 달리기의 매력에서 헤어나오기 힘들다. 혹자는 중독성이 강하면 나쁜 것이 아니냐고 하지만 달리기는 심신을 건강하게 하는 데 큰 도움을 준다. 심폐 기능을 향상시키는 것은 물론이고, 만성적인 소화불량, 무기력증을 털어 내기에 좋다. 그리고 무엇보다도, 마음이 건강해진다.

장거리를 달린 뒤 느끼는 성취감에는 구기 시합에서 이겼을 때와는 다른 매력이 있다. 달리기는 게임 방식의 운동, 이를테면 축구나 농구보다 지루한 것이 사실이다. 달리는 도중에 몇 번이고 포기하고 싶은 마음이 들기도 한다. 하지만 이러한 역경을 이겨 내고 완주하면 누구의 도움도 없이 스스로의 나약함을 이겨 냈다는 사실이 크게 다가온다. 마치 보디빌더가 덤벨의 무게를 늘려 가는 것처럼 조금씩 거리를 늘려갈 때의 뿌듯함이란 이루 말할 수 없다.

호반을 따라 달리는 사람들이 보인다. 신선한 공기가 폐 속

깊은 곳까지 들어갔다 나온다. 새로운 산소를 건네받은 온몸의 세포 하나하나가 약동하기 시작한다. 살아 있음을 온 몸으로 깨닫게 되는 순간이다.

호수공원에서

달리기

호수공원 산책로는 싱그러운 풍경을 보면서 달리기에 좋다. 자전거 도로 기준으로 한 바퀴가 4.75km인데 이는 30분 내외로 달리기에 적당한 거리다. 도로가 잘 정비되어 있어 부상의 염려도 적다. 그리고 달리는 사람들이 많아 괜히 쭈뼛거릴 이유도 없다.

달리는 사람들의 연령층은 남녀노소 가릴 것 없이 다양하다. 언뜻 봐도 60살이 훌쩍 넘은 것처럼 보이는 어르신도 펄펄 날아다니신다. 모두 호숫바람을 맞으며 호반을 따라 달리는 즐거움을 깨달았으리라.

이런 사람들이 모여 동호회를 결성하기도 한다. 호수공원을 무대로 활동하는 대표적인 동호회로는 '일산호수마라톤클럽'이 있는데, 이들은 정해진 시간마다 달리기 실력별로 모여 호수공원을 달린다(유니폼을 맞춰 입어 멀리서도 눈에 띈다). 독거노인을 위한 자선 마라톤 대회를 여는 등 활발한 활동을 하고 있다.

호수공원에서 달리는 사람들의 대부분은 공원 외곽을 따라 놓인 중심 도로를 이용한다. 달리는 속도에 따라 보행자 도로를 이용할지, 자전거 도로를 이용할지 선택하면 된다. 개인적으로 달리기 전용 도로가 있으면 좋겠다는 생각을 하곤 한다. 드문 일이지만 가끔 자전거와 충돌하는 사고가 일어나기도 하니 조심하자.

달리는 사람들에게 추천할 만한 코스는 두 가지가 있다. 하나는 중심 도로를 따라 한 바퀴를 도는 것이고 하나는 산책로를 따라 한 바퀴를 도는 것이다. 중심 도로를 따라 달릴 때의 이점은 거리 측정이 용이하다는 것이다. 중심 도로를 따라 달리다 보면 현

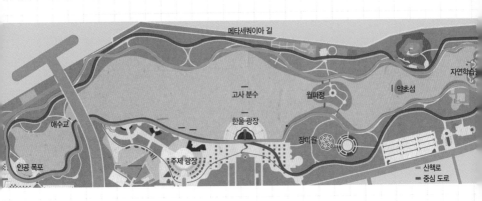

재 시작 지점부터 몇 km 지점인지 표시된 표지판이 있어 얼마나 달렸는지, 어디까지 왔는지 알 수 있다. 달리는 사람들에게 필수인 시계도 붙어 있어 공원 측의 배려를 느낄 수 있다.

한편 중심 도로가 아닌 산책로를 따라 달리다 보면 거리 측정이 애매해질 때가 있다. 그럴 때는 스마트폰으로 'Ramblr'란 어플리케이션을 사용하는 것이 좋다. 여태까지 달린 거리와 평균 속도를 실시간으로 알려주는 음성 시스템이 있어 유용하다.

산책로는 중심 도로에 비해 구불구불하고 호수, 수목 등 주변 볼거리가 많다. 기본적으로 중심 도로를 따라 달리되, 기분에 따라 산책로를 이용하는 것이 좋다. 바닥재가 우레탄이라 중심 도로의 자전거 전용 도로에 비해 무릎과 발목에 충격이 덜한 것도 산책로의 장점이다.

호수공원을 많이 달려본 사람들은 간혹 샘터 광장을 이용하기도 한다. 샘터 광장 주변부는 호수공원에 속하지만, 중심부와 멀리 떨어져 있어 별개의 공원처럼 느껴진다. 사람이 적어 본격적으로 달리기 전에 스트레칭을 하거나 가볍게 달리기 좋은 곳이다.

만일 뜨겁게 내리쬐는 햇볕이 싫다면 폭포 광장 → 아랫말산 구간의 서쪽 코스를 반복해서 오가는 것을 추천한다. 다른 코스에 비해 그늘이 많아 자외선에 노출될 확률이 적다. 반면 한울 광장을 통하는 동쪽 코스는 그늘이 별로 없다.

달리는 방향에 따라 다른 기분이 나는 것도 호수공원에서 달리는 재미 중 하나다. 호수공원의 바람은 북서쪽에서 남동쪽으로 부는 경우가 많다. 이를 고려해 먼저 맞바람을 맞으며 달려서 돌아가는 길이 편할 것인지, 아니면 반대로 나중에 맞바람을 맞으며 달릴지 선택하면 된다.

'완득이'와

함께
달리다

13

산책로, 넷

호수공원 5㎞
달리기 대회

　　　　　　　　　나는 어릴 적부터 운동을 잘 하는
편이 아니었다. 초등학교 때 또래 친구들에 비해 키와 체격이 작
았을 뿐더러 달리기마저 느려 단거리 달리기에서 항상 하위권을
차지했다. 그러던 어느 날, 아버지가 '호수공원 5㎞ 달리기 대회'
가 열리니 참가해보지 않겠냐고 하셨다. 잘 달리지 못하는 나 자
신을 잘 알기에 그 제안이 달가울 리가 없었다. 하지만 아버지의
설득 끝에 결국 대회에 참가하기로 했다.

　오래 전 일이라 잘 기억이 나지는 않지만 5㎞ 내내 쉬지 않
고 달리며 가슴이 터질 것 같았던 기억이 선명히 남아 있다. 그리
고 완주 후 거친 숨을 몰아쉬며 그 당시 인기 연예인이었던 이다
도시 씨의 사인을 받은 것까지 기억난다. 완주증 뒷면에 쓰인 이

다도시의 사인은 '운동 열등생'이었던 나에게 주는 훈장처럼 느껴졌다. 흰 액자에 소중히 넣은 완주증은 초등학교 내내 내 방 한 귀퉁이를 장식했다.

달리기 대회를 계기로 내 안에서 운동에 대한 생각이 바뀌었다. '운동을 못해도 오래달리기는 잘 할 수 있다'는 생각이 들었다. 폭발적인 스피드와 강력한 힘이 없어도 할 수 있었기 때문이다. 학교에서 달리기 시간만 되면 움츠러들었던 내가 어느새 여유를 갖게 되었다. 여전히 빨리 달리는 것은 반에서 하위권이었지만 나에게는 오래달리기가 있었다. 천천히, 하지만 오래 달린다. 호수공원을 달리는 취미가 생긴 것은 그때부터였다.

거의 매일 달리다 보니 5~10km 정도는 너끈하게 뛸 수 있게 되었다. 호수공원을 달리다 보면 내가 마치 로드워크 중인 '완득이'가 된 느낌이 든다. 숨이 가빠오고 땀방울이 떨어지기 시작한다. 호수공원을 달리다 힘들다는 생각이 들면 내가 완득이라는 자기암시를 걸어 본다. 처음에는 작고 미약하지만 언젠가는 강하게 될 것이라는 희망을 가지고 노력하는 완득이의 모습을 떠올린다. 지금 흘리는 내 땀방울은 결국 내 폐, 종아리와 허벅지 근육, 발목과 무릎을 더욱 강하게 만들어줄 것이다. 힘이 다 빠져나간 줄만

©푸른도시사업소

알았던 몸 어딘가에서 새로운 힘이 샘솟아 포기하려던 마음을 다독여준다.

　달릴 때는 언제나 페이스를 조절해야 한다. 신이 나서 처음부터 너무 빨리 달리면 나중에 힘이 빠져 더 이상 달릴 수 없게 된다. 그렇다고 처음부터 너무 느리게 달리면 제대로 된 운동을 할 수 없다. 힘들더라도 천천히, 자기 페이스에 맞게 꾸준히 달리는 것이 중요하다. 자신에게 적절한 페이스대로 꾸준히 노력하되, 멈추지 않는 것이 중요하다. 힘들다고 주저앉아버리면 다시 일어서는 데에 그 몇 배의 노력이 필요하기 때문이다.

　진주의 공군 훈련소에서 보았던 '나를 죽이지 못하는 것은 나를 더욱 강하게 만들 뿐이다'라는 말이 떠오른다. 그래, 나는 오늘도 강해진다. 거친 숨을 몰아쉬며 호수공원을 달린다.

호수공원에서
자전거 타기

많은 사람들이 호수공원에서 자전거를 탄다. 대부분 가볍게 운동 삼아 자전거를 타는 사람들이다. 공원 내의 자전거 제한 속도가 시속 20km이기 때문에 전문적인 라이딩을 즐기는 사람들에게는 적합하지 않다.

자전거를 탈 때는 걷거나 달릴 때와는 또 다른 매력을 느낄 수 있다. 움직이는 속도가 다르면 주변 풍경이 다르게 보인다. 걸을 때와 기차를 탈 때 보이는 풍경이 다르게 느껴지는 것과 비슷한 이치다. 자전거를 타면 걷거나 달릴 때보다 주변을 더 멀리서 볼 수 있게 된다.

자전거를 가지고 오지 않았더라도 호수공원에서 자전거를 탈 수 있다. 고양시 자전거 대여 서비스 '피프틴' 스테이션이 공원에 있기 때문이다. 기본적으로 연회비를 내는 회원제로 운영되지만 비회원도 휴대폰 결제로 자전거를 빌릴 수 있다. 비회원 기준으로 1회 대여 시 60분에 1,000원으로 가격 또한 저렴한 편이다. 타고 난 후에는 자전거를 주변의 피프틴 스테이션 중 아무 곳에나 반납하면 된다. 또한 '피프틴 맵'이라는 어플리케이션을 통해 피프틴 자전거 스테이션의 위치를 확인할 수 있다.

만약 유모차가 달린 자전거나 2인용 자전거 등 색다른 자전거를 빌리고 싶다면 공원 밖의 자전거 대여점에서 빌리면 된다. 자전거 대여점은 한울 광장의 육교 건너편 대로변에 많이 있다.

안타깝게도 일산호수공원의 자전거 전용 도로는 중심 도로 하나뿐이다. 산책로와 메타세쿼이아 길은 자전거 출입이 통제되

어 있다. 때문에 공원 내에서는 중심 도로를 따라 도는 것밖에 별다른 코스가 없다. 그럼에도 불구하고 시원한 호숫바람을 맞으며 자전거를 타는 기분은 상쾌하기 그지없다. 만약 남들이 가지 않는 색다른 코스를 가고 싶다면 아래를 참조하자.

호수공원 바깥의 색다른 자전거 코스

라이딩에 좀 더 집중하고 싶은 사람들

호수공원 한 바퀴는 결코 부담스러운 거리가 아니다. 따라서 라이딩에 좀 더 집중하고 싶은 사람들에게는 뭔가 부족하게 느껴질 수도 있다. 똑같은 길을 뱅뱅 돌고 싶지 않다면, 호수공원 밖으로 나가 보자.

메타세쿼이아 길 중간의 쪽문으로 나가 오른편으로 향하자. 공원을 따라 나 있는 시골길을 쭉 따라가면 길이 막혀 있는데, 개의치 말고 자전거를 끌고 언덕을 올라가면 차도가 있다. 아침에는 차가 거의 없기 때문에 차도 한가운데로 자전거를 타도 별 문제가 없다. 복잡한 도심에서 벗어나 넓은 도로를 자유롭게 달리는 기분을 만끽하고 싶은 사람들에게 추천하고 싶은 코스다.

오르락내리락 자전거 코스

폭포 광장 → 화장실전시관 → 아랫말산 → 노래하는 분수대 코스를 따라 쭉 가자. 노래하는 분수대 저편으로 원마운트, 한화 아쿠아플라넷이 보일 것이다. 노래하는 분수대에서 원마운트 입구 쪽으로 가다 보면 나무 기둥들이 늘어서 있는 곳이 있다. 기둥 너머로 자전거가 올라갈 수 있는 육교가 있다. 이 육교를 포함해 4개의 육교가 연속적으로 있다. 육교의 형태가 조금씩 달라서 지루하지 않고 한번 내려오면 페달을 밟지 않고도 다른 육교까지 갈 수 있다. 육교의 경사가 꽤나 높기 때문에 다리 운동도 된다. 평지에서 자전거 타는 것이 지겨운 사람들에게 색다른 경험이 될 수 있을 것이다.

경인 아라뱃길로 가는 코스

호수공원에서 경인 아라뱃길까지 자전거를 타고 갈 수 있다. 아직 도시화되지 않은 고양시의 논길을 따라가면 경인 아라뱃길이 나온다. 잘 포장된 자전거 도로가 있는 것은 아니지만 평화롭고 조용한 시골의 정취를 느낄 수 있다. 트럭이 지나가면 뿌연 먼지가 피어오르는 흙길, 간혹 들리는 개 짖는 소리, 푸르른 파와 호박밭, 일렬로 늘어선 비닐하우스……. 아파트와 빌딩 숲에서 한 발짝만 나오면 이러한 광경이 펼쳐져 있다는 것이 일산의 매력이다. 중간에 커다란 송전탑이 있는데 이 아래로 자전거를 타고 가면 마치 영화의 한 장면 속에 들어와 있는 듯한 느낌이 든다.

한강 자전거길로 가는 코스

호수공원에서 한강 자전거길로 가는 코스도 있다. 이 코스 역시 자전거 전용 도로는 없지만 아직 개발되지 않은 농촌의 정취를 느낄 수 있다. 탁 트인 시야는 마음을 더욱 평온하게 만들어준다.

연꽃잎에
맺힌

물방울

14

자연학습원

비 오는 날의
수생식물원

잠에서 깨어나 시계를 바라본다. 아침 6시다. 창밖에는 비가 내리고 있다. 미지근한 물을 한 컵 마시고 주섬주섬 옷을 챙겨 입는다. 검은색 후드 티와 감색 반바지를 입고 호수공원으로 발걸음을 옮긴다. 주룩주룩 내리는 빗속에서 우산을 받쳐 들고 천천히 나선다. 3,500원 주고 산 투명한 우산 사이로 먹색 하늘이 보인다. 마치 먹물을 풀어놓은 듯이 어두컴컴한 구름과 회색 하늘이 어우러져 있다.

나는 비를 좋아하지 않는다. 괜스레 울적해지는 것은 물론이거니와, 옷이 축축해지는 것이 싫다. 어쩌다가 웅덩이를 밟아 신발에 물이라도 차면 그날은 완전히 재수 옴 붙은 날이다. 그래서 비 오는 날에는 어지간한 일이 아니면 집에서 나오지 않는다.

·

그렇지만 여름에는 비가 내려도 종종 호수공원 산책을 나가곤 한다. 연꽃을 보기 위해서다. 호수공원의 북쪽 끝에 위치한 자연학습원 안에는 다양한 수생식물을 볼 수 있는 수생식물원이 있다. 연꽃, 수련, 부들, 부레옥잠 등 일상에서 보기 힘든 수생식물이 서식하고 있다.

우산을 쓰고 천천히 걸어 수생식물원에 도착했다. 혹여나 미끄러질까 진갈색 나무 발판을 조심조심 밟는다. 매끄러운 연잎 위에 고인 빗물과 굵은 빗방울이 톡톡하고 부딪히는 소리가 쉴 새 없이 들린다. 우산에 빗방울이 부딪히는 소린지, 아니면 연잎에 빗방울이 부딪히는 소린지 분간할 길이 없다.

호수를 가득 메운 연잎 사이사이로 연꽃이 눈에 들어온다. 바람을 많이 맞아서인지 곧게 자라지 못하고 사방팔방으로 고개를 내밀고 있다. 연꽃은 어둑어둑한 가운데에도 새하얀 빛을 발한다.

수생식물원이 제대로 조성되지 못했던 초창기에는 호수가 훤히 드러나 있었다. 그런데 연꽃, 수련이 하나하나 자리를 잡기 시작하더니 지금에는 초록색 연잎과 수련이 자연학습원 근방의 호수를 뒤덮고 있다. 결국 호수공원 8경이라 불릴 정도로 호수공원을 대표하는 절경 중 하나로 자리 잡기에 이르렀다.

수생식물원

일상에서 접하기 어려운 연꽃과 수련을 가까이서 보고, 느끼고, 만질 수 있다는 점이 수생식물원의 매력 포인트다. 유의할 점은 호수 위로 설치된 길에 난간이 없어 안전에 항상 주의를 기울여야 한다는 거다. 그만큼 가까이서 생동감 있게 즐길 수 있다는 말이기도 하다.

비 오는 날에 수생식물원을 거닐다 보면 왠지 처연해진다. 어릴 적에 보던 〈개구리 왕눈이〉라는 애니메이션이 떠오른다. 진흙 속에서 시련을 딛고 결국 아름다운 꽃을 피우는 연꽃의 모습이 왕눈이 같기도 하다.

수생식물원에는 연꽃 말고도 수련이 있다. 호수의 중심부 쪽에는 연꽃이 주를 이루고 있고 땅에 가까운 쪽에는 수련이 많다. 연꽃과 수련은 비슷하지만 다른 식물이다. 연꽃은 뿌리를 땅에 내리지만 수련의 뿌리는 물속에 있다. 또한 연꽃은 성장 정도에 따라 수면 바깥까지 자라지만 수련은 다 자라도 물 위에 떠 있다. 연꽃이 커다란 잎과 꽃을 앞세워 화려함을 자랑한다면 수련은 소박한 아름다움을 뽐낸다.

연꽃과 수련은 다른 식물이지만 동양에서는 '연蓮'으로 뭉뚱그려서 부르기도 했다. 연은 불교를 상징하는 대표적인 꽃인데, 진

흙탕 속에서도 깨끗한 꽃을 피우는 특징에서 비롯되었다고 한다.

이러한 연의 특성은 불교뿐만 아니라 유교에서도 마땅히 본받아야 할 대상으로 여겼다. 속세에 물들지 않는 군자의 꽃이라며 많은 유학자들이 칭송했는데, 이규보, 최립, 이황 등의 저작에 잘 나타나 있다.

하나의 꽃에 여러 꽃잎이 달리는 연꽃을 인도의 고대 민속에서는 힘과 생명 창조의 상징으로 표현하였다. 중국에서는 다산의 상징이기도 했다. 거센 빗줄기에도 굴하지 않고 커다란 꽃을 피우는 연꽃을 보면 새로운 일을 시작할 용기와 힘이 생기는 것만 같다.

상상력이 피어나는
자연학습원

호수공원은 상상력을 자극하기에 아주 좋은 곳이다. 호수공원에
서 느낄 수 있는 자연은 호수와 나무, 풀로 둘러싸인 산책로뿐만
이 아니다. 《고양신문》 등 지역 언론에서는 호수공원에 대해 '호
수공원에서 산책만 했다면 공원을 절반밖에 보지 못한 것'이라고
이야기한다. 호수를 중심으로 잘 조성된 자연 생태계는 이러한 의
견을 든든히 받쳐 준다.

　노래하는 분수대에서 중심 도로 쪽으로 내려오면 이러한 호
수공원의 생태계를 고스란히 느낄 수 있는 자연학습원이 있다. 자
연학습원에는 108종의 수중식물, 수변식물, 습생식물들과 120여
종의 야생초가 살고 있다. 28,000㎡(8,500평)의 공간에 수생식물원,
야생초화원, 자연학습장 등으로 구성되어 있다.

수생식물원을 다 둘러보았으면 다시 자연학습원 입구로 나오자. 자연학습원 입구를 알리는 비석 옆에는 닭, 공작새, 단정학, 비둘기 등의 다양한 새가 있다. 단정학은 두루미의 일종인데 1997년 4월 고양시와 자매결연을 맺은 중국 치치하얼 시에서 기증한 적이 있다. 철로 된 우리에 갇혀 있는 모습이 살짝 안쓰럽기도 하다.

두루미 우리 옆쪽으로는 '작은동물원'이 있다. 말 그대로 조그마한 동물원이다(300㎡ 정도의 규모라지만 실제 동물 우리는 이보다 훨씬 작아 보인다). 면양 2마리, 미어캣 5마리, 기니피그 12마리, 자넨 2마리, 토끼 12마리가 살고 있다. 벽 없이 낮은 울타리로 된 우리라 동물들이 보다 친근하게 느껴진다. 얌전히 엎드려 있는 면양은 꼭 시골집 마당에서 뒹굴대는 발바리처럼 보여 미소가 절로 지어진다.

호수생태학교

자연학습원에서는 에코코리아에서 운영하는 호수생태학교가 열린다. 7세부터 초등학생을 대상으로 가족생태교실, 숲생태교실, 생태미술교실, 육상곤충교실, 수생식물교실, 육상식물표본교실, 호수새관찰교실 등 다양한 생태교실이 열린다. 자연생태학교에 참가하려면 다음카페(cafe.daum.net/hosuechoshcool. 마지막에 school이 아닌 shcool이다!)에서 회원가입 후 참가신청을 하면 된다. 주중에는 유치원, 학교 단체 단위로 진행되고 주말에는 가족 혹은 개인 단위로 진행된다고 하니 참고하자.

한화 아쿠아플라넷

자연학습원과 작은동물원을 다 봤다면 노래하는 분수대 근처에 있는 한화 아쿠아플라넷에 가 보는 것은 어떨까. 9종의 포유류, 17종의 조류, 해수어 153종, 담수어 43종, 파충류 4종, 양서류 7종, 총 233종의 다양한 동물들이 있다. 수중생물이 있는 아쿠아리움과 동물원이 따로 관람 코스에 포함되어 있는 점이 특이하다. 대형 수조에 잠수부가 직접 들어가 펼치는 '딥 블루 오션 쇼' 등 다양한 공연도 열린다. 연중무휴로 운영되며 오전 10시부터 오후 7시까지 이용이 가능하다. 총 관람 시간이 대략 1시간 내외인데 입장 마감 시간이 6시니 참고하도록 하자. 주말, 공휴일에는 사람이 많아 조용한 관람은 불가능하다. 일반 27,000원, 청소년 24,000원, 13세 이하의 어린이, 65세 이상의 노인은 22,000원에 관람할 수 있고 36개월 미만의 유아는 무료로 입장이 가능하다(www.aquaplanet.co.kr/ilsan).

밤하늘을
수놓는

물줄기

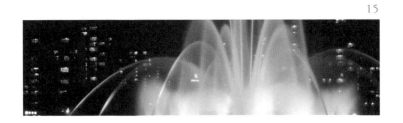

15

노래하는 분수대

화려한 외로움,
위대한 개츠비

　　나른한 토요일 저녁, 밥 먹고 딱히
할 일이 없어 침대에서 뒹굴거리고 있었다. 스마트폰으로 인터넷
서핑을 하다 문득 처량한 기분이 들었다. 주말인데 약속도 없이
방구석에 박혀 있는 꼴이라니. 뭐라도 해봐야겠다 싶어 머리를 굴
렸다. 영화라도 보러 갈까, 사람들로 붐빌 텐데……. 그러던 중 호
수공원의 음악 분수 공연이 떠올랐다.

　　시계를 보니 7시 30분을 가리키고 있었다. 걸어가면 얼추 시
간이 맞을 것 같았다. 대충 옷을 입고 집 밖으로 나왔다. 슬슬 어
둑어둑해지고 있었다. 사법연수원 옆길을 따라 폭포 광장에 도착
했다. 주말이라 그런지 공원에 꽤 사람이 많았다. 어두운 가운데
자전거 바퀴 돌아가는 소리가 들렸다. 벌써 조명이 켜진 인공 폭

노래하는 분수대

포와 애수교에 사람들이 삼삼오오 모여 있었다. 주로 커플들이나 어린아이를 데려온 가족들이었다. 꽤나 후텁지근했던지라 걷는 동안 이미 땀범벅이 되어 있었다. 노래하는 분수대로 향하는 얕은 언덕 너머로 웅웅대는 음악소리가 들려와 발걸음을 서둘렀다.

언덕을 올라가자 분수대로부터 형형색색 물줄기가 치솟는 것이 보였다. 분수 주위로 동그랗게 자리 잡은 사람들 사이를 지나 앉을 만한 곳을 찾았다. 적당히 구석에 앉아 분수 공연을 보기 시작했다. 어디서 들어본 것 같은 노래 사이로 물줄기가 이리저리 움직인다.

노래하는 분수대는 미국 라스베이거스의 분수 쇼에서 영감을 받아 만들어졌다고 한다. 1,450톤의 물을 끌어 올려 1,655개의 노즐에서 분사한다. 기본 35가지를 바탕으로 최대 500가지 다양한 연출이 가능하다. 음악에 따라 조명 색과 분수의 물줄기가 변화해 하나의 공연을 만들어낸다. 주로 중간 혹은 느린 템포의 음악이 흘러나오는데, 아마 분수의 특성을 고려한 선곡일 것이다.

혼자 앉아 음악 분수 공연을 보고 있자니 살짝 기분이 묘했다. 화려한 불빛 사이에서 왠지 모를 외로움이 느껴진다. 문득 스콧 피츠제럴드F. Scott Fitzgerald의 소설 《위대한 개츠비The Great

Gatsby》가 떠오른다.

베일에 싸인 신흥 부자 개츠비는 장교 시절에 사랑하던 데이지를 기다리며 매주 화려한 파티를 연다. 그러다 데이지와의 재회에 성공하지만 그녀는 이미 결혼한 후였다. 그럼에도 불구하고 개츠비는 데이지에 대한 마음을 포기하지 않았고, 데이지 또한 모호한 태도를 취한다. 결국 그들의 사랑은 비극적인 결말을 맞이하고 만다.

이 소설은 지난 2013년 바즈 루어만Baz Luhrmann 감독이 동명의 영화로 제작하기도 했다. 레오나르도 디카프리오가 개츠비 역을 맡으면서 세간의 관심을 받았는데, 제1차 세계대전 후 미국의 화려하면서도 공허한 분위기를 잘 나타냈다는 평가를 받고 있다.

즐겁게 이야기를 나누는 사람들 사이에서 혼자 멍하니 있는

내 모습이 마치 개츠비 같다. 마침 좋아하는 노래가 흘러나오지만 왠지 모르게 허전한 기분이 든다. 눈을 감아본다. 조명의 잔상이 눈꺼풀 안쪽에 맺혀 기묘한 형상을 만들어낸다. 눈을 감은 채로 생각에 잠긴다. 수면 위로 떨어지는 물소리와 음악이 한없는 우수에 젖어들게 한다.

돌아오는 길에 검은 호수를 바라본다. 아직 귀가 멍멍한 가운데 호수에 비친 달빛이 아름답다. 누군가와 함께 왔으면 이토록 감상에 젖어들지는 않았겠지. 어쩌면 혼자라서 좋은 밤일지도 모르겠다는 생각이 든다.

모두를 위한

분수

호수공원에는 노래하는 분수대, 바닥 분수, 폭기 분수, 안개 분수, 고사 분수 등 대략 4~5개의 크고 작은 분수가 있다. 곳곳에 위치한 분수들은 저마다 다른 매력을 뽐내며 호수공원의 여름을 풍요롭게 한다.

'분수' 하면 전통적인 유럽의 궁전이 떠오른다. 러시아 상트페테르부르크에 위치한 '여름 궁전'에는 크고 작은 서양식 분수가 여럿 있다. 궁전 건물을 꾸미기도 하지만 이러한 분수들 중 일부는 주변 풍경과 어우러져 아기자기한 멋을 내기도 한다. 이 경우에는 분수를 중심으로 정원이 조성되었다기보다는 분수가 정원의 2% 부족한 점을 채워주는 느낌이다. 귀족이나 왕족을 위해 특별제작된 분수여서일까.

호수공원의 분수는 사뭇 다른 느낌이다. 넓은 공간에서 좀 더 많은 사람들에게 시원함을 선사한다. 궁전의 분수가 소수를 위한 것이라면 호수공원의 분수는 다수를 위한 것이다.

호수공원의 노래하는 분수대는 도시 공원의 분수로서 그 기능을 잘 수행하는 대표적 예라고 할 수 있다. 주말 저녁마다 많은 사람들이 모여 음악 분수 공연을 관람할 뿐더러 종종 행사가 열리기도 한다. 4월과 5월에는 주말 및 공휴일 저녁 8시, 6월에는 저녁 8시 30분부터 공연이 시작된다. 7월과 8월에는 월요일을 제외한 나머지 날에 음악 분수 공연이 펼쳐진다. 해가 짧아지는 9월부터 10월까지는 주말 및 공휴일에 7시 30분부터 공연이 시작된다.

음악 분수 공연이 없는 낮에도 분수가 가동되어 이용객들의 더위를 달랜다. 광장에서 화장실로 올라가는 길 옆에는 바닥 분수가 있다. 바닥에서 뿜어져 나오는 물줄기 위로 직접 걸어 다니며 물놀이를 할 수 있어 아이들에게 인기 만점인 곳이다. 계곡에 온 것처럼 분수를 온몸으로 맞으며 즐거운 비명을 지르는 아이들로 가득하다.

아랫마을

동산의
추억

16

아랫말산

아랫말산 입구

어린 날
〈전설의 고향〉

호수공원 북서쪽에는 아랫말산이
라는 작은 동산이 있다. '아랫마을에 있는 산'이라는 뜻인데 호수
공원이 생기기 이전부터 그 자리에 있었다고 한다. 산이라고는 하
지만 사실상 언덕 수준이기 때문에 산책하기에 그리 부담스럽지
않다.

동산 아래에는 조그마한 물레방아와 중국사자 석상이 있다.
중국사자 석상은 고양시와 자매 결연을 맺은 중국 치치하얼 시에
서 기증한 것이다. 잠시 쉬어갈 수 있는 벤치도 있다. 벤치 위로
산의 그림자가 드리워져 시원하다.

저녁에 아랫말산 아래를 지나가다 보면 때때로 음산한 기운
을 느낄 수 있다. 번화가와 인접한 공원의 동쪽과는 달리 아랫말

산 근방은 꽤나 어두운 편이다. 오로지 가로등 불빛만이 산책로를 비추고 있는데, 지나다니는 사람이 적을 때는 으슥한 기분이 든다. 특히 산 아래에서 정면으로 아랫말산을 바라보고 있으면 왠지 모르게 등줄기가 서늘해지곤 한다. 우거진 나무 사이에서 산 특유의 찬 공기가 새어나온다. 물레방아까지 있어 어릴 적에 봤던 〈전설의 고향〉을 떠올리게 한다.

초등학교 시절, 친구들과 공포 체험을 하겠다고 야밤에 아랫말산까지 온 적이 있다. 당시 호수공원은 지금과는 달리 을씨년스러웠다. 사람도 적은 데다가 공원에 있는 것이라고는 오직 나무와 풀뿐이었다. 벤치나 조각품, 소소한 장식들조차 없어 휑한 느낌이었다.

나까지 해서 세 명이 공포 체험을 위해 모였다. 다들 동네 친구라 가까운 마두역에 모여서 함께 걸어갔다. 그때까지만 해도 공포 체험을 해 본 적이 없어서 가슴이 두근두근했다. 이제 와서 말이지만, 초등학교 시절에는 무서움을 굉장히 많이 탔다. 어두운 곳에 있거나 그런 장소를 보면 별의별 상상이 다 떠올랐다.

불이 꺼진 공원을 걷고 있자니 아랫말산에 도착하기도 전에 무서움이 엄습했다. 꽤나 오래 걸었던 것 같다. 지금 걸어도 마두

물레방아

역에서 아랫말산까지 최소 30분은 걸리는데 초등학생 걸음이 오죽했을까. 검은 호수에서 당장이라도 무언가가 튀어나올 것만 같았다. 지금이야 공원에 불이 꺼져도 호수 건너편의 웨스턴돔과 라페스타에서 흘러나오는 빛이 있지만 그때는 그런 것도 없었다. 친구들 앞이라 무서운 티도 못 내겠고 죽을 맛이었다.

아랫말산 아래에 도착했다. 불빛 하나 새어나오지 않는, 거대한 검은 벽 같은 아랫말산에는 사람 한 명이 겨우 지나갈 만한 오르막길이 나 있었다. 마치 저승으로 향하는 입구같이 보였다. 원래 계획은 한 명씩 올라갔다 내려오는 것이었는데, 친구들도 나와 비슷한 기분이었는지 그냥 다 같이 올라갔다 내려오기로 했다.

물론 지금의 나는 공포물을 좋아한다. 극장에서 개봉한 작품에서부터 B급 공포물까지 가리지 않는 편이다. 처음에는 무서운 것에 질색하는 경향을 고쳐보고자 일부러 공포물을 챙겨 보았다. 그러다 보니 공포에 둔감해지고, 더 큰 자극을 얻기 위해 계속 보게 되었다.

대부분의 공포 영화는 높은 평점을 받지 못한다. 개개인의 리뷰를 살펴봐도 평가가 박한 경우가 다반사다. 주로 '전혀 무섭지 않고 지루하다'는 불평이 주를 이루는데 사실 영화의 문제라고

만 보기는 힘들다. 영화를 보는 이가 비슷한 자극에 많이 노출되다 보니 둔감해지는 것이다. 좀비 영화의 대작이라 불리는 조지 로메로George Romero 감독의 〈살아 있는 시체들의 밤Night of the Living Dead〉조차 지금 보면 지루하게 느껴지니 말이다.

사실 아랫말산 위에서의 기억은 별로 남아 있는 것이 없다. 생각했던 것보다 길이 짧기도 했고, 다들 아무 말 없이 후다닥 올라갔다 내려왔기 때문이다. 오히려 올라갔다 온 것보다 아랫말산까지 도달하는 과정이 더 무서웠던 것 같다. 그날 밤의 두근거리던 감정을 또 경험할 수 있을까. 둔감해져버린 지금에서야 그날 밤 오싹했던 기분이 그리워진다.

국제 교류와
한류 열풍

호수공원은 많은 해외 관광객들의 사랑을 받는 곳인데 그중에서
도 중국, 일본과 적극적인 교류를 유지하고 있다. 중국과의 교류
를 보여주는 대표적인 예가 바로 아랫말산 근처의 학괴정이다. 고
양시와 자매결연을 맺은 중국의 흑룡강성 치치하얼 시는 2000년
에 열린 고양국제꽃박람회를 축하하기 위해 학괴정을 기증했다.

학괴정은 중국식 육각정자다. 처마에는 치치하얼 시의 시조
市鳥인 단정학과 고양시의 시화市花인 장미가 그려져 있다. 두 층
의 화강암 기단은 양 도시 시민의 우정이 반석과 같이 든든함을
비유하며, 정자 또한 아름다운 꽃들로 둘러싸인 호수공원 안에
우뚝 서 있어 두 도시의 안녕, 화목, 번영, 융성을 기원하고 있다.
자연학습원에 있는 단정학 또한 치치하얼 시에서 기증한 것이다.

또한 일본 하코다테 시와도 활발한 교류를 하고 있다. 일본 학생들이 단체로 한국에 수학여행을 와서 호수공원에 들르곤 하는데, 호수공원이 한류 열풍을 주도한 드라마들의 촬영지로도 유명하기 때문이다. 아랫말산 근처의 산책로에는 〈드림하이〉, 〈별에서 온 그대〉 촬영지가 있다. 기념 벤치가 있어 호수공원을 찾은 중국, 일본 관광객들이 들러 사진을 찍고 간다. 조그마한 안내 표지판에 드라마에 대한 설명이 간략하게 나와 있다.

어느 기사에 따르면, 호수공원에서는 매년 200편 가량의 영화나 드라마가 촬영된다고 한다. 대표적으로 앞에서 이야기한 〈드림하이〉, 〈별에서 온 그대〉나 〈최고의 사랑〉 등의 드라마가 있다. 꽃전시관 옆에 있는 고양 신한류 홍보관에서 보다 자세한 정보를 확인할 수 있다.

〈별에서 온 그대〉 17화

미쓰에이의 수지가 까메오로 등장한 화로도 유명하다. 천송이(전지현 분)는 한 달 뒤에 떠난다는 도민준(김수현 분)에게 화가 나 있는 상태다. 둘은 호수공원을 산책하던 중이었는데 이때 수지가 등장한다. 도민준의 제자로 나오는 수지는 그가 자신의 전 남친 삼동이랑 닮았다고 이야기한다. '삼동'은 수지와 김수현이 함께 출연한 〈드림하이〉에서 김수현이 맡은 배역의 이름이다.

호숫가의
투명한

유리 화장실

17

호반화장실

화장실에 울려 퍼진
노랫소리

　　　　　　　고등학교 때 나는 '필리아'라는 합
창 동아리에 있었다. 역사가 짧은 일산의 인문계 일반고등학교에
서 그나마 두각을 드러낸 동아리였다. 매년 여름에는 시에서 주관
하는 대회에 나갔고 실제로 준수한 성적을 거두기도 했다. 학년
말에는 학교 내 강당에서 불우이웃을 돕는 자선 공연을 열었다.
규율도 엄격해서 동아리 내부에서 연애는 금지되었다. 만날 때는
좋지만 헤어지면 팀 분위기를 해친다는 이유에서였다.

　　매일 점심시간과 저녁시간을 쪼개서 연습했는데, 심지어 주
말에도 할 정도로 연습량이 많았다. 그 당시에는 나름대로 학교
를 대표하는 동아리라는 자부심으로 버텼다. 하지만 많은 연습 시
간과 엄격한 규율에는 부작용이 따르기 마련이었다. 특히 대학 입

시에 시달리는 고등학생들에게 주말 연습은 민감한 문제였다. 고3보다 스트레스가 덜한 1,2학년이라지만 연습 시간을 두고 구성원들 간의 갈등이 생기기도 했다.

우여곡절 끝에 연말 공연을 마쳤다. 공연이 끝나고 가족들과의 기념 촬영이 끝난 후, 1학년 남자 동기들끼리 모여 호수공원에 갔다. 늦은 시간에 고등학생들이 마땅히 갈 만한 곳이 없었지만 그냥 집에 가기에는 아쉬웠다.

12월 말, 그것도 저녁의 호수공원은 매우 추웠다. 지나다니는 사람도 거의 없었다. 얇은 교복 바지 사이로 찬바람이 거세게 몰아쳤다. 슬슬 공원에 온 게 후회될 무렵, 호반화장실이 보였다.

투명한 유리 외벽의 호반화장실은 겉에서 보기와 다르게 꽤 따뜻했다. 말은 하지 않았지만 다들 나가기 싫은 눈치였다. 깨끗하기도 해서 다함께 남자화장실과 여자화장실 사이 공간에 앉아 이야기를 나눴다.

1년 동안 준비한 공연을 끝냈다는 후련함과 왠지 모를 섭섭함이 교차했다. '아, 조금 더 잘할 수 있었는데', '난 가사 틀렸어', 아이들이 나누는 얘기가 들렸다. 어느 순간 누군가가 노래를 부르기 시작했다. 바로 전 공연 때 불렀던 '최 진사 댁 셋째 딸'이라는

호반화장실

곡이었다. 경쾌한 멜로디와 재밌는 가사 때문에 남자 아이들이 좋아하던 중창곡이다. 한 사람이 운을 띄우자, 누가 먼저랄 것도 없이 다들 따라 불렀다.

사실 웬만한 아마추어 수준의 합창은 듣는 이보다 부르는 이를 위한 것이다. 실제로 관객들이 듣는 것과 합창단원 스스로가 듣는 합창은 굉장한 차이를 보인다. 특히 정확한 음과 박자를 잘 맞추지 못하는 아마추어 합창에서는 그 차이가 두드러진다. 무대 바깥보다 무대 안에서 틀린 음이 더 잘 들릴 것 같지만 사실은 그렇지 않다. 무대 안에서는 신기하게도 남들이 실수하는 것이 잘 들리지 않는다.

합창을 하다 보면 때때로 화음 속에서 유영하는 자신의 목소리를 발견할 수 있다. 그럴 때는 마치 '위대한 날개' 속에서 비행하고 있는 것 같은 기분이 든다. 위대한 날개는 루이스 A. 타타글리아Louis A. Tartaglia의 소설 《아름다운 비행The Great Wing》에서 등장한 말이다. 소설 속 기러기들은 계절이 바뀔 때마다 무리지어 이동하는데, 자신들의 대형을 위대한 날개라고 부른다. 위대한 날개는 기러기들로 하여금 혼자서는 절대 갈 수 없는 먼 곳까지 도달하게 해 준다. 주인공 기러기 고머가 위대한 날개 속에서 대이동을 무사히 끝마치는 것처럼 나도 화음 속에서 협동과 배려의 소중함을 깨닫게 되었다.

그날 화음 속에서 우리는 하나가 되는 것을 느꼈다. 그리고 그 공간은 음악실, 무대 위가 아니라 특이하게도 화장실이었다. 화장실에 울려퍼지는 걸걸한 남자들의 목소리는 한겨울의 추위를 몰아내기에 충분했다.

그 순간 호수 건너편에서 펑 하는 소리와 함께 불꽃놀이가 시작되었다. 우르르 나와 불꽃놀이를 보며 신이 나서 공연 때 했던 노래를 다 부르기 시작했다. 어둡고 아무도 없는 공원이 마치 오세아니아의 외딴 섬처럼 느껴졌다. 우리는 흡사 불을 피우고 북을 두드리며 노래하는 원주민들이었다.

화장실의 재발견,
화장실문화전시관

폭포 광장에서 서쪽 산책로로 가다 보면 오른편으로 뭔가 신기한
게 보인다. 산책로 도중에 뜬금없이 지하로 내려가는 계단이 있
다. 공원에 웬 대피소인가 하고 기웃거리다가 입구에 쓰인 글씨를
본다. '화장실문화전시관'. 그러나 여전히 궁금하기는 마찬가지
다. 호수공원에 왜 화장실 문화를 전시하는 곳이 있는 걸까.

현대인의 삶에서 화장실은 매우 큰 부분을 차지한다. 대부분
의 사람들이 아침에 일어나면 화장실에 가서 하루를 시작할 준비
를 한다. 하루 일과가 끝난 후에도 마찬가지다. 위생을 중요시하
는 현대인에게 깨끗하게 씻고, 용변을 볼 수 있는 화장실은 무척
이나 중요한 장소다.

현대식 화장실이 정착되기 이전에는 거리가 매우 더러웠다.

사람들이 용변을 보고 창 밖에 버렸는데 이를 밟지 않기 위해 하이힐이 만들어졌다는 일화나, 화장실이 없어 곳곳에 악취가 진동했다는 베르사유 궁전 이야기는 유명하다. 19~20세기에 이르러서야 화장실 시스템은 지금의 형태를 취하게 되었다. 만약 현대식 화장실의 발명이 없었다면 우리는 오물 천지인 호수공원을 걸어야 했을지도 모른다.

사실 화장실에 대해 생각하거나 이야기하는 것은 일종의 '더러운 짓'으로 여겨져 터부시되었다. 이는 지금까지도 마찬가지다. 초등학생 남자아이들이나 '똥'이나 '방귀'라는 단어를 좋아하지,

다 큰 성인이 화장실에 관련된 이야기를 꺼내는 경우는 드물다. 어쩌면 우리는 화장실이 가진 이미지 안에 스스로의 사고와 상상력을 가두고 있는지도 모른다.

마르셀 뒤샹Marcel Duchamp의 유명한 작품 〈샘Fountain〉은 남자 소변기다. 지금 보면 많은 사람들이 '별 게 다 작품이 되네' 정도로 생각하지만 당시에는 '어떻게 이것이 작품이 될 수 있는가'라는 반응이 주를 이뤘다. 뒤샹은 이미 만들어져 있는 기성품에 'R. MUTT 1917'라는 서명을 제외하고는 어떠한 장식도 가하지 않았다. 심지어 'R. MUTT'는 뒤샹이 아닌 소변기 제조업자의 이름이었다. 당시 예술계에서는 이를 작품이라 인정할 수 없다며 전시를 거부하기도 했지만 지금은 고정관념을 깨는 대표적인 예로 평가받고 있다.

화장실문화전시관 내부는 생각보다 좁다. 10평도 안되어 보이는 공간에 동서양의 화장실 역사 및 대표적인 변기가 전시되어 있다. 호수공원에서 즐길 수 있는 색다른 재미 중 하나라고 생각해도 좋고, 더운 날 잠시 햇빛을 피해가는 곳으로 써도 좋다.

곧게 뻗은

흙길
따라

메타세쿼이아 길

직선에 의한
직선을 위한

메타세쿼이아 길은 호수공원 서쪽의 절반 정도를 차지하고 있는 산책로다. 호수공원의 산책로 중 유일한 흙길이기도 하다. 메타세쿼이아 길은 계절에 따라 다양한 매력을 지니고 있다.

여름의 메타세쿼이아 나무는 선명한 초록색으로 물든다. 새벽에 옅은 안개 사이로 잠이 덜 깬 메타세쿼이아 나무를 보면 도시 속 공원이라기보다 한적한 교외의 수목원에 온 기분이 든다. 살짝 붉은 빛을 띠는 기둥은 군데군데 껍질이 일어나 있어 거친 느낌을 준다.

가을의 메타세쿼이아 길에 오면 낙엽이 떨어져 있는 것을 볼 수 있다. 일반적으로 낙엽이 덮인 길은 얼룩덜룩한 경우가 많은

데, 메타세쿼이아 길은 마치 우레탄을 깐 듯이 깔끔하다. 메타세
쿼이아의 낙엽은 조그만 바늘 크기만큼 작기 때문이다. 보통 낙엽
이 덮인 길이 모자이크화라면 가을의 메타세쿼이아 길은 점묘화
다. 바닥에 소복이 쌓인 낙엽과 곧게 뻗어 있는 메타세쿼이아 나
무가 함께 어우러져 호젓한 분위기를 만들어 낸다. 침엽수면서도
낙엽수인 메타세쿼이아의 특성이 독특한 풍경을 선사한다.

　메타세쿼이아 길은 일산호수공원뿐만 아니라 국내 다양한 지
역에 있다. 유명한 담양 메타세쿼이아 길을 비롯해 대구, 서울, 남
이섬 등에 메타세쿼이아 길이 있다. 사실 담양 메타세쿼이아 길에
가 본 적이 있는 사람은 일산호수공원의 메타세쿼이아 길을 보고
실망할지도 모른다. 두 길을 비교했을 때 일산호수공원이 나무의
수와 수령, 길의 폭, 길이 등에서 여러모로 부족하기 때문이다. 하
지만 담양 메타세쿼이아 길은 한 사람당 2,000원의 입장료를 받
고 일산호수공원은 무료로 입장할 수 있다. 그리고 수도권에 위치
해 있다는 것도 일산호수공원 메타세쿼이아 길의 장점이다.

　메타세쿼이아는 크게 보아 레드우드redwood (미국삼나무)에 속한
다. 레드우드는 세 종류로 나뉘는데 캘리포니아 레드우드, '세쿼

이아'라 불리는 자이언트 레드우드, 그리고 메타세쿼이아다.

이 중 캘리포니아 레드우드는 세계에서 가장 높이 자라는 나무로 알려져 있다. 미국 캘리포니아 주에 위치한 레드우드 국립공원Redwood National Park에는 웬만한 아파트보다 높은 나무들이 자라고 있다. 2002년에 측정한 바에 따르면 가장 큰 캘리포니아 레드우드의 높이는 무려 112m였다. 자유의 여신상과 견줄 만한 수준이니, 그 규모가 어마어마하다는 것을 알 수 있다.

한편 메타세쿼이아는 '살아 있는 화석'이라고 불리기도 한다. 《한국의 나무》(2011, 돌베개)를 쓴 김태영 저자가 한 칼럼에서 들려준 이야기다. 1941년 일본의 고식물학자 미키 시게루三木 茂는 중생대 식물 화석 중 세쿼이아의 화석 표본 일부에서 특이한 점을 발견했다. 그는 새로운 종을 발견했다고 생각하여 '메타세쿼이아Metasequoia(세쿼이아를 초월한)'라는 이름을 붙였다. 이때만 해도 메타세쿼이아는 화석 속에서나 그 흔적을 찾아볼 수 있는, 한참 전에 멸종된 식물에 불과했었다.

그런데 비슷한 시기 중국 서부에서 마오쩌둥 휘하의 병사(혹자는 임업 공무원이라고도 한다.) 한 명이 사천성 동부의 양쯔 강 부근에 있는 모따오치라는 작은 마을에서 우연히 낯선 나무를 발견했다.

가을의 메타세쿼이아

입대 전에 산림 관련 일을 했던 이 병사는 이 나무를 눈여겨 보았다. 마을 사람들이 알려준 '물삼나무水杉'라는 이름은 그에게 생소할 따름이었고 결국 그는 나뭇잎 표본을 보내달라는 말을 남기고 마을을 떠났다. 하지만 전쟁 통에 표본이 분실되어 1946년이 되어서야 당시 베이징 생물연구소 소장이었던 후씨엔수胡先? 박사에게 전달되었다. 그는 이 표본을 보고 1941년에 발표된 미키 박사의 논문에서 언급된 화석종과 일치한다는 것을 알아차렸다. 멸종한 줄만 알았던 나무가 중국 오지에서 새로이 발견된 것이다.

메타세쿼이아 길에서의 산책이 너무 지루하게 느껴진다면 이런 상상력을 조금 가미해보면 어떨까. 메타세쿼이아 나무를 보고 장대하게 뻗은 캘리포니아 레드우드를 상상해보자. 아니면 공룡들이 뛰어다니던 중생대 메타세쿼이아 숲을 떠올려보자. 단조로웠던 산책길이 좀 더 생동감 있게 다가올 것이다.

때로는 메타세쿼이아 길이 신비로워 보이기도 한다. 아무도 없는 새벽, 안개가 덮인 메타세쿼이아 길을 걷다 보면 장엄하게 늘어선 고대 그리스 신전의 석주 옆을 지나는 것 같은 기분이 든다.

호수공원을 산책하다 보면 곡선이 많이 보인다. 산책로를 비롯한 모든 길이 호수를 중심으로 둥글게 조성되어 있고 장미원, 주제 광장, 노래하는 분수대, 한울 광장의 석계산, 호수를 가로지르는 호수교의 아치 등 전반적인 시설물에서도 곡선이 강조되어 있다.

하지만 메타세쿼이아 길에서는 곡선을 찾아보기 힘들다. 메타세쿼이아 길은 호수공원에서 거의 유일한 직선 도로다. 뿐만 아니라 길 좌우로 심어진 메타세쿼이아 나무 역시 휘어지지 않고 곧게 뻗어 있다. 나무 밑동은 동그랗지만 우리가 보는 시점에서는 곡선을 찾을 수가 없다. 나무 기둥에서부터 가지, 이파리 하나하나가 곧게 뻗어 있다.

메타세쿼이아 길을 걷다 보면 직선적이고 단조로운 풍경에 마음이 편해진다. 누군가는 지루하다고 생각할 수도 있지만, 좌우에 굳건하게 버티고 서 있는 메타세쿼이아 나무는 안정감을 준다. 온갖 구불구불한 문양을 볼 때보다 단조로운 직선을 볼 때 마음이 편해지는 것과 같은 이치다.

직선은 한 점과 다른 한 점을 잇는 최단 거리다. 그래서 직선은 효율성을 상징하는 선이기도 하다. 지나친 합리성과 효율성을 경계하는 사람들은 이러한 상징성 때문에 직선을 싫어하기도 한

메타세쿼이아 길을
걷다 보면 장엄하게
늘어선 고대 그리스
신전의 석주 옆을
지나는 것 같은 기분이
든다.

•

다. 일례로 오스트리아의 건축가 훈더르트바서Hundertwasser는 "직선은 죄악이다. 직선은 악마의 선이고 곡선은 신의 선이다."라고 언급했다. 훈더르트바서는 합리주의 건축에 맞서 자연과의 공존을 주장했던 사람이다. 하지만 자연이 빚어낸 직선이라는 점에서 메타세쿼이아 나무는 오히려 훈더르트바서의 사랑을 받지 않았을까 싶기도 하다.

자연 속에서의 직선은 동아시아 문화권에서도 많은 예찬을 받은 바 있다. 예를 들어, 조선시대에는 군자가 가져야 할 네 가지 덕목을 상징하는 매화, 난초, 국화, 대나무를 '사군자'라 부르며 가까이 했다. 이 중 절개와 충의를 상징하는 대나무는 곧고 바르게 자라는 성질 때문에 선비들에게 많은 사랑을 받았다. 만약 곧고 크게 자라는 메타세쿼이아가 조선시대에도 있었다면 당시 문인들이 어떻게 묘사했을지 사뭇 궁금하다.

호수공원

낙엽 놀이

1. 낙엽 색칠 놀이

1) 낙엽을 준비한다. 바싹 마른 낙엽은 부서지기 쉬우므로 적당히 마른 낙엽을 사용한다.

2) 낙엽 위로 종이를 올리고 색연필, 연필 등으로 색칠한다.

2. 낙엽 밟기

낙엽을 멀리서 보기만 하지 말고 오감을 활용해서 즐겨보자. 맨발로 낙엽을 밟으며 발의 감촉, 바스락거리는 소리에 집중한다.

3. 벽에 낙엽 붙이기

호수공원에서 주운 낙엽으로 집 벽을 장식해보자. 벽에 그대로 붙이면 나중에 떼어낼 때 골칫거리가 되므로 종이에 붙이도록 하자.

4. 종이에 낙엽 붙이기

8절 도화지에 낙엽을 붙여 멋진 모양을 만들어보자. 꽃, 태양, 산, 강 등의 자연물을 묘사하는 것은 어떨까.

5. 낙엽 보고 나무 알아맞히기

인터넷 검색, 식물도감 등을 활용해 낙엽을 구분한 다음 나무 이름을 알아맞혀 보자.

6. 낙엽 색깔 묘사하기

낙엽의 색깔을 나타내는 우리말의 표현은 수도 없이 많다. 갈색의, 노란색의, 누런색의, 불그죽죽한, 불그스름한 등등. 영어도 마찬가지다. brown, red, yellow 등 기본적인 단어부터 scarlet, maroon 등 다양한 단어를 활용해 낙엽의 색깔을 묘사해보자.

7. 낙엽 색깔 비슷한 것끼리 분류하기

낙엽의 색상, 채도, 명도가 비슷한 것끼리 모아 '낙엽 스펙트럼'을

만들어보자. 왼쪽 끝에 가장 명도가 낮은 낙엽을 놓고 점차 명도가 높은 낙엽을 나열해보자. 빛과 색에 대한 이해도를 높일 수 있다. 크레파스나 색연필 물감의 색에 머물지 않고 자연의 색이 얼마나 다양한지 느껴보자.

8. 낙엽 모양 비슷한 것끼리 분류하기

낙엽의 모양이 비슷한 것끼리 분류해 보자.

9. 낙엽과 열매 맞추기

도토리와 참수리나무 낙엽, 밤과 밤나무 낙엽 등을 모아 낙엽과 열매 맞추기 놀이를 해 보자. 낙엽을 보고 내가 어느 나무 아래에서 있었는지 상상해보자.

10. 낙엽의 촉감 느껴보기

직접 만져보면 알겠지만 낙엽의 촉감이 저마다 조금씩 다르다. 낙엽 종류에 따라서 다르기도 하고 마른 정도에 따라서 다르기도 하다.

11. 낙엽의 잎맥 따라 그리기

낙엽의 잎맥을 따라 그려보자. 지도의 강 모양, 인체의 혈관 모양과도 흡사하다. 종이, 태블릿 PC 등에 낙엽의 잎맥을 그려보고 유사한 것들을 찾아보자.

12. 낙엽 냄새 맡기

낙엽의 종류, 마른 정도에 따라 낙엽의 냄새가 다르다. 아무런 냄새가 없는 낙엽도 있는 반면에 아직 풀 냄새가 나는 낙엽도 있다. 낙엽 냄새를 그대로 맡을 수도 있고 태우거나 잘게 부숴서 냄새를 맡을 수도 있다.

13. 낙엽 맛보기(?)

낙엽을 맛보아 보자. 무슨 맛이 날까? 위생이 걱정된다면 이건 넘어가도록 하자.

14. 눈 감고 낙엽 구분하기

눈을 감고 오로지 촉각과 청각에만 의지해서 낙엽을 구분해보자. 쉽지 않겠지만 어느 정도 하다 보면 색다른 재미를 느낄 수 있다.

15. 낙엽 말리기, 시간 두고 관찰하기

다양한 종류의 낙엽을 모아 병 속에 담아 두고 천천히 말려 보자. 며칠 동안 관찰 일지를 쓰는 것도 좋다. 몇 일차에 어느 정도로 말랐고, 손으로 톡 건드려도 부서질 정도가 되는지 관찰해보자.

16. 낙엽 하나하나에 이름 붙여보기

낙엽은 비슷하게 생겼지만 저마다 다르다. 사람의 지문이 다르듯이 완전히 똑같은 낙엽은 없다. 낙엽 하나하나의 개성을 반영하여 이름을 지어 주자.

17. 가장 마음에 드는 낙엽 코팅하기

마음에 드는 예쁜 낙엽들을 모아 코팅해서 책갈피, 책받침 등의 용도로 사용해보자.

호숫가에서

술
한
잔

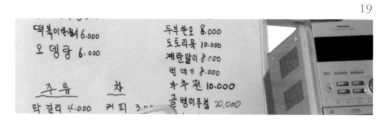

19

포차

포차 내부

막걸리, 국수,
포차

       한반도의 7월은 굉장히 후텁지근하다. 특히 장마철 전후에는 습기가 온몸을 휘감아 딱히 힘든 일을 하지 않아도 쉽게 피곤해진다. 호수공원 또한 습기로부터 자유롭지 않다. 언제나처럼 가볍게 산책하려는 마음으로 호수공원에 발을 들이지만 곧 후회하게 된다. 산책로에 깔린 우레탄에서도 열기가 올라오고 호수에서 불어오는 바람 또한 물기를 흠뻑 머금고 있다.

       여름 주말에 호수공원을 거닐다 보면 유난히 가족들이 많이 보인다. 메타세쿼이아 길을 걷다 중학생 정도의 자녀를 둔 40~50대 부부를 보게 되었다. 아들은 억지로 공원에 끌려온 듯 부루퉁한 표정으로 입을 열지 않고, 아버지는 무심한 척 앞서 걸으면서도 힐끗힐끗 자식과 아내의 눈치를 살핀다. 아마 휴일이고 하니 가족끼리 놀러 가볼까 해서 호수공원까지 오게 된 것 같은데, 아들은 오고 싶지 않았나보다. 아들과 아버지의 심정을 상상해본다. 아들은 가족과 함께하는 공원 산책이 재미도 없을 뿐더러 왠지 모르게 부담스러울 것이다. 한편 아버지는 공원 한 바퀴 돌고 묵사발에 막걸리 한 병 들이켠 후 그늘 좋은 곳에서 늘어지게 낮잠을 자고 싶었을 것이다. 마치 어릴 적의 나와 아버지의 모습 같기도 해서 슬며시 미소를 짓게 된다.

가뜩이나 더운데 막걸리 생각을 하니 목이 마르다. 맥주 생각이 난다. 메마른 입 안에 맥주 한 모금을 들이켰을 때 시원한 탄산이 목구멍에서 방울방울 터져 나가는 그 느낌. 코가 뻥 뚫리는 청량감. 으, 맥주 생각이 간절하다.

그러고 보니 메타세쿼이아 길 바깥에 막걸리와 국수, 기타 안주류를 파는 포차가 있다. 호수공원 서쪽 부근에서 유일하게 먹거리를 판매하는 곳이다. 메타세쿼이아 길 중간에 있는 출입구로 나가면 왼편으로 포차가 보인다.

트럭을 개조한 포차다. 흙먼지가 군데군데 껴 있는데 지저분하다기보다는 왠지 모르게 정감이 간다. 포차에 기대어 놓은 스피

커에서 흘러간 유행가가 흘러나온다. 들어가서 막걸리와 국수 한 그릇을 시켰다. 내부는 생각보다 잘 꾸며져 있다. 포차 사장님은 이전에 가수였다는데, 지금도 저녁이면 라이브 카페 형식으로 운영한다고 한다.

차가운 사발에 입을 대고 막걸리를 벌컥벌컥 들이켠다. 국수도 한 젓가락 집어서 후루룩 빨아올린다. 시원해진 몸에 뜨뜻한 국수 면발이 들어가니 천국이 따로 없다. 허겁지겁 먹고 마시다 보니 어느새 그릇이 바닥을 드러낸다.

포차에서 나와 집으로 향한다. 벌겋게 익은 얼굴로 터벅터벅 걸어간다. 술기운에 기분이 좋다. 후텁지근한 날씨도 어느 정도 가라앉은 듯하다. 하늘 저편으로 서서히 해가 넘어간다. 꼭 외딴 시골의 논두렁을 걷는 기분이다. 아랫말산부터 샘터 광장에 이르는 곳까지 호수공원 울타리를 따라 놓여 있는 길인데, 공원 내의 산책로처럼 잘 정비된 길은 아니다. 차가 지나가면 먼지가 피어오르고 농가에서 개 짖는 소리가 들리기도 하지만 호수공원에는 없는 시골의 정취가 느껴져서 좋다. 공원을 경계로 시골과 도시가 대비를 이루고 있다.

생각할 것이 많으면 이 길을 따라 걷곤 한다. 쉬지 않고 들리

는 사람들의 말소리가 진절머리 날 때, 울타리 하나 차이로 고요
한 산책을 즐길 수 있다는 것은 지역 주민들만의 특권이 아닐까.

공원에서 시원하게
한 잔 해요!

어떤 이들은 술을 마시는 것 자체를 이해하지 못한다. 더군다나 공원이라는 공공장소에서의 음주 행위를 경멸하는 사람들 또한 존재한다. 하지만 술이 인간과 밀접한 관련을 맺고 있다는 사실을 부정할 수는 없을 것이다.

술은 예술가들의 영원한 동반자이다. 유명한 문호 어니스트 헤밍웨이Ernest Hemingway는 "내 삶은 라보데키타의 모히토Mojito와 엘 플로리다의 다이키리Daiquiri에 존재한다."라는 말을 남겼다. 또한 19세기 몽마르뜨 언덕의 예술가들은 압생트absinthe라는 술을 마시며 영감을 얻었다.

그렇지만 술은 개인의 영감을 자극하는 것 이외에도 사람과 사람을 이어주는 매개체 역할을 하기도 한다. '취중진담'이라는 말이 있듯이 술은 가슴 속에 꽁꽁 숨겨두었던 진심을 털어내게 한다. 어색하던 사이도 술 한 번 같이 먹으면 금새 친해지게 된다. 물론 술이 과하면 각종 해악이 생기지만 비단 술뿐이랴, 만물이 과하면 해를 끼치게 되는 법이다.

나는 여름이면 종종 호수공원에서 맥주를 마신다. 공원 근처의 편의점에서 한두 캔 사들고 석계산에 올라가 어두운 호수를 보며 시원한 맥주를 들이켜면 하루의 피로가 싹 풀린다. 혼자 공원에서 술을 먹는 것이 부끄럽지 않나 생각할 수도 있는데, 저녁에는 석계산에 올라오는 사람이 별로 없는 데다 어둡기까지 해서 눈치 볼 필요가 없다.

발그스름한 주황색 가로등 불빛이 검은 호수에 빨려 들어간다. 이마로 와 닿는 바람이 그 어느 때보다도 상쾌하다. 부드럽게 푹 들어가는 얇은 알루미늄 캔의 감촉이 좋다. 캔 위로 물방울이 송골송골 맺힐 때쯤 한 캔을 모두 비운다. 후끈후끈해진 볼에 빈 맥주캔을 대어 본다. 들뜬 기분으로 집까지 걸어와 한숨 푹 자고 나면 다음날 아침이 상쾌하다.

다른 사람들과 함께 오는 것도 좋다. 공원에서 마음 맞는 사람들과 함께 술을 마시면 여태껏 못했던 속 깊은 이야기가 술술

나온다. 또한 야외에서 술을 먹을 때의 독특한 정취도 느낄 수 있다. 근사한 풍경, 좋은 사람들 그리고 한 잔의 술이면 무엇이 부럽겠는가. 공원에서 거하게 술판을 벌이는 것은 민폐지만, 가볍게 맥주 한 캔 마시는 정도로 뭐라 할 사람은 없다. 시끄러운 카페나 술집보다 호수공원에서 맥주 한 캔과 함께 이야기를 하는 것은 어떨까.

한울 광장과 주제 광장은 부담 없이 맥주를 마시기에 적합한 곳이다. 맥주 한 모금씩 마시며 친구들과 이런저런 이야기를 나눠 보자. 넘실대는 호수와 시원한 맥주, 상쾌한 바람이 자아내는 묘한 분위기가 속마음을 끄집어낸다.

한편 호수공원에서 치맥을 먹기 가장 좋은 곳을 꼽자면 노래하는 분수대를 들 수 있다. 특히 저녁에 열리는 노래하는 분수대의 음악 분수 공연을 보면서 먹는 치맥 맛은 각별하다. 여름 저녁, 음악 분수 공연을 보면서 시원한 맥주를 들이켜면 더위가 싹 가신다.

호수에도

겨울이
찾아와

20

산책로, 다섯

이대로 떨어질
수는 없다

　　　　　　　나는 겨울 호수공원을 산책할 때
서쪽 산책로를 애용한다. 폭포 광장에서 호반화장실, 아랫말산을
지나 노래하는 분수대까지 가는 코스다. 이 길은 번화가와 접해
있는 호수공원의 북동쪽과 달리 비닐하우스, 밭과 접해 있어 전원
적인 정취를 느낄 수 있다. 동쪽 산책로가 도시 공원의 분위기를
지니고 있다면 서쪽 산책로는 사색에 잠기기 좋은 길이다. 간혹
정면에서 불어오는 바람이 부담스럽기도 하지만 돌아갈 때는 등
을 밀어준다.

　　겨울 호수공원은 극적인 변화를 보인다. 누렇게 물들었던 나
뭇잎들이 하나둘씩 떨어지기 시작해 바닥에 수북이 쌓인다. 회색
하늘에는 빼빼 마른 고동색 나뭇가지 몇 개만 걸려 있을 뿐이다.

호수에서 불어오는 찬바람이 본격적으로 겨울이 왔음을 알린다.

시원하던 호수바람 또한 살을 에는 칼바람이 되어 사람들의 옷깃 사이를 집요하게 파고든다. 바람은 호수공원 전역에 겨울을 퍼뜨린다. 여름 내내 평화로운 휴식처였던 잔디밭도 차갑게 얼어붙는다. 나뭇잎이 이미 다 떨어져버린 나무들이 외롭게 서 있다. 눈도 외면한 산책로는 그 어떤 때보다 춥고 쓸쓸하다. 차라리 눈이라도 한바탕 내리면 이렇게 허전하지는 않을 텐데.

호수공원을 일 년 내내 관찰하다 보면 유독 겨울에 풍경의 변화가 두드러진다. 마치 온갖 물감을 써서 봄, 여름, 가을 호수공원을 그리다가 검은색이 되어 버린 수채화 물통 속을 보았을 때의 기분이랄까. 간간이 보이는 사람들 또한 어두운 옷을 입고 있어 암울한 분위기를 자아낸다.

이따금씩 나뭇가지에 아직 매달려 있는 잎사귀가 보인다. 말라비틀어진 채 위태롭게 바람에 흔들리는 것이 《마지막 잎새The last leaf》에 나오는 잎사귀 같다.

1905년 발표된 《마지막 잎새》는 미국의 작가 O. 헨리O. Henry 의 단편 소설이다. 1900년대 초 뉴욕 그리니치를 배경으로 한 이야기다. 주인공 존시는 지독한 폐렴에 걸려 생명이 위험한 상태

마지막 잎새

다. 그녀는 창밖으로 보이는 잎새가 다 떨어지면 자신의 생명도 다할 것이라 여기며 절망에 빠져 있다. 어느 비바람이 몰아치는 밤, 존시는 당연히 마지막 잎새가 떨어져 있을 것이라 생각하지만, 이를 알게 된 어느 노인이 벽에 잎새를 그려 넣는다. 잎새를 보고 힘을 얻은 그녀는 병석에서 일어나기에 이른다.

마음먹기에 따라 얼마든지 현실이 달라질 수 있다는 점을 이야기한 소설이지만, 나는 마지막까지 매달려 있던 나뭇잎 자체에 눈길이 간다. 나뭇잎이 떨어지고 새로운 잎이 돋아나는 것은 지극히 자연스러운 섭리다. 가을을 지나 한겨울까지 나무에서 떨어지지 않는 나뭇잎들을 보고 있자면 잎새들이 계절을 착각하는 것은 아닌지, 어째서 그들의 운명을 거스르려고 하는지 궁금해진다.

날씨가 추워지면서 나무가 잎사귀들을 털어 내는 이유는 간단하다. 더 이상 쓸모가 없을 뿐더러 겨울을 나는 데에 짐이 되기 때문이다. 그럼에도 불구하고 '마지막 잎새'들은 거칠고 건조한 바람 때문에 바짝 말라가면서도 나무의 일부분으로 남아 있으려고 한다. 더 이상 쓸모없어진 자신을 버리려는 나무의 속내를 알면서도 그들은 나무에 매달린다. 상처난 자존심에도 불구하고 어쩔 수 없이 매달려 있어야 하는 사정이 있으리라. 마치 무자비하게 퇴직을 종용당하는 우리나라 40~50대 샐러리맨들처럼.

위에서 내리찍고, 밑에서 치고 올라오는 고달픈 생활을 하면
서도 샐러리맨들이 과감히 직장을 그만두고 새로운 길을 모색하
지 못하는 이유는 가족 때문이다. 가족을 부양하면 그만큼 지출이
늘기 때문이다. 식비, 난방비 등 기초적인 생활비에서부터 자녀의
사교육비까지. 특히 치솟는 사교육비는 경제적으로 큰 부담이다.

그럼에도 불구하고 가족을 만들고, 그들과 함께 살아가는 것
은 그만큼 보람과 행복을 느낄 수 있기 때문이다. 홀몸이라면 진
작에 때려쳤을 직장도 가족을 생각하며 꾹 참는 것이 아닐까.

한국에도 널리 알려진 미국의 유명한 애니메이션 〈심슨네 가
족들The Simpsons〉의 한 에피소드에도 이러한 사정이 잘 나타나 있
다. 주인공 호머 심슨은 직장에서 농땡이를 피우고 비상식적인 행
동으로 온갖 사건·사고를 일으키는 말썽꾸러기다. 원자력 발전
소에서 일하는 그는 새로운 계획을 세운다. 앞으로의 수입과 지출
을 비교해본 호머는 직장을 때려치우고 자신이 좋아하는 일인 볼
링장 아르바이트를 해도 충분히 살아갈 수 있다는 결론을 내린다.
직장에서 나오며 사장 몽고메리 번즈에게 한 방 먹이는(?) 장면은
통쾌함을 선사한다.

나무 그림자

하지만 계획대로만 일이 풀리면 얼마나 좋으랴. 예상치 않게 세 번째 아이가 생겨버려 볼링장 아르바이트로는 생계를 유지하기 어렵게 되었다. 결국 그는 다시 일하던 원자력 발전소로 돌아가기에 이른다. 이에 사장 몽고메리 번즈는 호머의 사무실에 'DON'T FORGET : YOU'RE HERE FOREVER'(너는 영원히 이곳에 있어야 한다)라는 경고문을 붙여놓는다. 호머는 크게 상심하지만 이내 문구를 아기 사진으로 가려 'DO IT FOR HER'(아기를 위해 힘내자)라는 말로 바꾼다. 천하의 망나니 호머 심슨마저도 아기를 위해 자신이 하고 싶은 것을 포기하는 것이다.

잔잔한 감동을 주는 이 에피소드는 직장인들의 고충과 가족의 소중함을 단편적으로 나타낸다. 혹자는 뻔한 미국식 스토리라고 이야기할지도 모르겠지만 소중한 이들을 위해 자신의 삶을 희생하는 모습이 숭고하다는 걸 부인할 수는 없을 것이다. 자신을 옭아매고 있는 모든 것들로부터 벗어나 훌쩍 떠나는 꿈을 꾸면서도 현실에 매여 있는 모습이 씁쓸하면서도 아름답다.

비쩍 마른 나무를 지그시 바라본다. 밑동 아래에는 낙엽이 수북이 쌓여 있었다. 무거운 의무에서 해방된 후에도 땅을 따뜻하게 덮어 준다. 마치 아낌없는 나무의 최후를 보는 듯하다.

소설《마지막 잎새》속의 잎새는 비록 비바람에 떨어졌지만 주인공의 의식 속에서 살아남을 수 있었다. 반면 현실에서 떨어진 잎새는 오갈 곳이 없다. 도시의 낙엽은 일주일이 채 지나기 전에 청소부에 의해 쓰레기통으로 향한다. 하지만 호수공원의 잎새는 좀 다르다. 자신의 구역이었던 나무를 벗어나지 않고 그 아래서 조용히 안식을 취하고 있다. 우리 사회의 '마지막 잎새'들이 쉴 수 있는 호수공원은 어디 있을까.

겨울 호수공원에서
산책하기

겨울 여가 시간에는 뭘 해야 할까. 대부분 이불 속에서 뜨끈한 코코아를 마시며 TV를 보거나 스마트폰을 두드리는 경우가 많을 것이다. 일상에 지친 사람들에게는 생각만 해도 행복한 상상일지도 모른다. 하지만 하루쯤은 온몸을 덮고 있던 이불에서 나와 호수공원을 산책해 보는 것은 어떨까.

겨울에는 호수공원을 찾는 사람들이 부쩍 줄지만 나 같은 '호수공원 마니아'들은 겨울 호수공원을 좋아한다. 냉면 마니아들이 겨울에 먹는 냉면이 제맛이라고 하듯이, 추위를 견디며 겨울 호수공원을 산책하는 것 또한 색다른 매력이 있다.

호수공원의 겨울은 눈이 오기 전과 눈이 온 후로 나뉜다. 눈의 여부에 따라 공원의 풍경이 완전히 바뀐다. 눈 오기 전의 겨울 호수공원이 삭막하고 을씨년스럽다면, 눈이 온 후에는 포근한 분위기가 난다.

메타세쿼이아 길, 아랫말산, 화장실문화전시관 등이 있는 호수공원의 서쪽 산책로는 비교적 인적이 드물어 호젓한 산책을 즐길 수 있다. 반면에 한울 광장, 장미원, 주제 광장 등이 있는 동쪽 산책로는 사람이 많고, 단장한 곳도 많아서 좀 더 활기찬 산책길이 된다.

겨울에는 사람이 적은 서쪽 산책로를 걸어보자. 길가에는 빼빼 마른 나무가 그득하다. 잎사귀를 털어낸 나무들은 생선 뼈다귀 같기도 하고, 공원을 둘러싼 쇠창살 같기도 하다. 이따금씩 나무 꼭대기에서 까악 하고 울어대는 까치가 보인다. 처량하다. 평소에 화났던 일들, 슬펐던 일들이 차례로 떠오르며 우울한 기분에 잠긴다.

차가운 바람이 얼굴을 스친다. 고개를 돌려 호수를 바라본다. 그간 쌓였던 스트레스를 바람에 훌훌 날려 버리자. 드넓은 호수는 나를 받아주기에 충분하다. 안고 가기에는 너무나 힘든 기억들을 하나씩 하나씩 호수로 던져 버리자. 차가운 공기가 상쾌하다. 바짝 마른 낙엽을 밟을 때마다 바스락거리는 소리가 좋다.

○ 눈 오기 전 추천 코스 : 폭포 광장 → 인공 폭포 → 메타세쿼이아 길

○ 눈 온 후 추천 코스 : 한울 광장 → 석계산 → 전통정원 → 월파정

호수공원은 일산에서 둘째가라면 서운한 설경을 지니고 있다. 눈이 내리면 호수공원은 전혀 다른 모습으로 탈바꿈한다. 공원에 내려앉은 눈이 풍성하다. 함박눈이라도 내리는 날이면 삐삐마른 나뭇가지마저 포근해 보인다.

호수공원에서 설경이 특히 아름다운 곳으로 전통정원을 들 수 있다. 조그마한 정원이라 아기자기한 설경을 연출해낸다. 눈 덮인 사모정 지붕 아래에서는 아늑함이 느껴진다. 또한 한울 광장 석계산에 올라 호수를 바라보는 것도 좋다. 드넓은 호수공원의 설경이 한눈에 들어온다.

간혹 대담한 사람들은 눈 덮인 호수를 걸어서 건너가기도 하는데 호수공원에서 즐길 수 있는 유쾌한 일탈이다. 호수 한가운데에 누워 하늘을 바라보면 기분이 어떨까.

겨울 호수공원에는 사람이 별로 없지만, 눈이 오면 인적이 더욱 드물어진다. 만약 아무도 밟지 않은 눈을 원한다면 샘터 광장

을 추천한다. 샘터 광장은 호수공원의 구석진 곳에 위치해 사람들이 잘 모르는 곳이다. 눈을 밟을 때의 촉감이 발을 간지럽힌다. 뽀드득 소리에 귀가 즐겁다.

물을
사랑한

다리

21

애수교

낭만으로 빛나는
야경

           열대야가 기승을 부리던 여름 저녁이었다. 가만히 있어도 등줄기에 땀이 흐를 정도로 더워 집 안에 있기가 힘들었다. 집에서 키우는 개들도 혀를 내민 채 헥헥대고 있었다. 선풍기를 틀어도 별로 소용이 없었고, 에어컨은 전기세 때문에 켜기가 꺼려졌다. 더위를 식히고자 차가운 얼음물을 마셔봤지만 그것도 잠시, 다시 후텁지근한 열기에 온몸이 축 늘어졌다.

        참을 수 없어 호수공원으로 산책을 나가기로 했다. 이럴 때 집 앞에 호수공원이 있다는 점이 참 좋다. 습한 공기를 헤치고 폭포 광장에서 한울 광장으로 향하는 산책로를 걸었다. 옅은 어둠이 깔린 호수 너머로 은은한 빛을 발하는 애수교愛水橋가 아련하게 보인다.

애수교 위로 올라가 다리 아래에 설치된 발판에 걸터앉았다. 데이트를 즐기는 커플, 마냥 신나서 뛰어노는 꼬마 아이, 멍하니 혼자 앉아 호수를 바라보는 아줌마가 보인다. 다리 본래의 고동색이 어둠 속에서 더욱 짙게 보였다. 다리에 설치된 베이지색 조명이 몽환적인 분위기를 자아낸다.

호수 건너편으로 인공 폭포가 보인다. 무지개색 조명이 폭포에 반사되어 낮보다 더욱 근사한 풍경을 만들어낸다. 검은 호숫물에 비친 달빛이 아른거린다. 발판에 걸터앉은 채로 다리를 달랑거리며 발밑을 바라본다. 늦은 시간임에도 불구하고 잉어 두세 마리가 지나다닌다. 조금씩 불어오는 바람이 시원하다. 점차 땀이 식으면서 사색에 빠져든다.

조그마한 목조 다리인 애수교의 본래 의미는 '물[水]과 다리[橋]를 사랑하고 아낀다[愛]'는 뜻이다. 호수공원의 테마와 어울리는 이름이다. 하지만 나는 좀 다르게 '물을 사랑하는 다리'라는 의미를 붙이고 싶다. 호수를 향해 납작 엎드려 있는 애수교의 모습을 보면 무슨 이야기인지 알 것이다. 바로 옆에 있는 호수교가 당당하게 우뚝 서 있다면 애수교는 호수에 찰싹 달라붙어 있다. 행

낭만으로 빛나는 야경

애수교와 호수교

여나 호수가 어디론가 떠날까봐 안절부절못하는 것 같다. 다리 양옆의 발판이 손처럼 보이기도 해 사랑하는 호수를 꼭 부여잡고 있는 모습을 떠올리게 한다.

애수교는 사람들로 하여금 호수를 사랑하게 하는 재주를 지니고 있다. 낮이든 밤이든 애수교를 건너는 사람은 양옆에 위치한 발판으로 내려가 보고 싶은 유혹을 이기지 못한다. 발판에 걸터앉아 발에 닿을 것 같은 호수를 바라보면 나도 모르게 호수의 매력에 빠져들게 된다.

달 밝은 밤 애수교 위를 거닐다 보면 견우와 직녀가 떠오른다. 견우와 직녀 설화는 중국의 한漢나라에서부터 형성되었다. 고대 중국인들이 독수리자리의 알타이르Altair 별과 거문고자리의 베가Vega 별이 일 년에 한 번, 칠석날에 만나는 것을 보고 상상한 이야기다.

칠석날에 연인끼리 애수교를 걸어 보는 것은 어떨까. 애수교는 '사랑 애愛'자가 들어 있듯이 데이트 장소로도 매우 좋은 곳이다. 각종 TV 드라마의 단골 촬영 장소로도 유명한데, 대표적으로 2011년 MBC에서 방영한 차승원, 공효진 주연의 〈최고의 사랑〉이 있다.

애수교의 위치 또한 낭만적인 분위기에 기여한다. 만약 애수교가 주제 광장이나 한울 광장 같이 호수가 넓게 보이는 구역에 있었다면 이렇게 로맨틱하지는 않았을 것이다. 호수교가 커다란 댐처럼 시야를 가로막아 인공 폭포에서부터 호수교까지의 공간을 다른 구역과 구분하고 있기 때문에 따로 마련된 소공원에 있는 것처럼 아늑하다.

잠시 쉬어가는
다리 밑

습한 여름 산책길을 걷는 것은 고역이다. 장마철 직전의 호수공원에는 금방이라도 소나기가 쏟아질 것 같은 축축한 공기가 깔려 있다. 호수공원에는 햇빛을 피할 만한 곳이 그리 많지 않을 뿐더러, 기껏 그늘을 찾아도 더운 바람이 불어와 짜증을 유발한다.

그럴 때면 호수교 아래를 찾는다. 호수교 아래는 여름 호수공원에서 가장 시원한 곳이라 할 수 있다. 공원을 찾는 많은 사람들이 호수교 아래에 설치된 평상과 피크닉 의자에서 잠시 쉬어가곤 한다. 이곳에서 김밥, 도시락 등 직접 싸 온 음식에서부터 치킨, 피자, 짜장면 등 배달 음식까지 다양한 종류의 먹거리를 즐기기도 한다.

더운 여름날 호수교 아래 사람들이 유난히 몰리는 까닭은 바로 다리 밑 그늘 때문이다. 일반적으로 다리 밑은 다른 그늘보다 시원하다. 다리의 그늘 아래로 흐르는 물이 주변 공기의 온도를 선선하게 유지시켜주기 때문이다. 또 다리 밑에서는 다른 곳에 비해 바람이 강하게 불어 더욱 시원하게 느껴진다(베르누이의 법칙에 따르면, 바람이 일정한 면적을 지나다 좁은 통로로 들어갈 때 속력이 빨라진다).

호수교의 남서쪽에는 음료수 자판기가 있어 목을 축일 수 있다. 한쪽에만 있는 것이 아쉽다. 다리 양옆에는 위로 올라가는 계단이 있는데 한 번쯤 올라가서 공원을 내려다보는 것도 좋다. 호수교 위에서 내려다보는 호수공원의 풍경은 꽤나 볼 만하다. 인공폭포 쪽보다는 한울 광장 쪽의 풍경이 좀 더 근사하다.

사람들은 호수교 아래에 모여 체조를 하기도 한다. 매일 아침 6~7시경에는 20~30명 정도의 사람들이 호수교 아래에 모인다. 리더 한 명이 다른 참가자들을 바라보며 구령을 넣고, 사람들은 줄을 맞춰서 30분~1시간 정도 체조를 한다.

폭포 뒤에
숨은

공원의
끝자락

22

폭포 광장

노인, 그리고
폭포 광장

2014년 9월 6일, 돌아가신 할아버지의 두 번째 49재를 일산 여래사에서 마쳤다. 종교적으로 자유로운 우리 집안이지만 할머니께서 강력하게 주장해 매주 온 식구들이 절에 모여 제사를 지내게 되었다.

생전 처음 49재를 지내는데 그동안 내가 생각했던 것과 많이 달랐다. 식구들끼리 모여 조용히 고인을 떠올리고 잘 가시라는 말을 하는 것일 줄 알았다. 하지만 날 기다린 것은 2시간을 훌쩍 넘기는 대장정이었다. 스님이 외는 염불 소리는 도대체 무슨 소리인지 알아들을 수 없었을 뿐더러 종소리가 너무 커서 제사가 끝나고 나서도 귓가에 맴돌았다. 1시간이 지나자 정신이 살짝 혼미해졌지만 그래도 할아버지의 마지막 가시는 길을 잘 지켜드려야겠다고 생각했다.

사실 그날은 내 생일이기도 했다. 저녁에 여자친구와 만나 소박하게 생일을 축하하기로 했다. 낮에는 고인의 넋을 달래고 저녁엔 나 자신의 탄생을 축하하다니 매우 기묘하다. 우연이지만 삶과 죽음이 얼마나 밀접하게 연관되어 있는지 깨닫게 된다. 미국의 유명한 시트콤 〈프렌즈〉의 한 에피소드에서 챈들러와 모니카가 장례식장에서 성관계를 맺고 "그건 (고인 모독이 아니라) 삶에 대한 찬양이었어!"라고 소리치는 장면이 떠올랐다.

49재를 끝내고 밖으로 나오니 어느새 3시였다. 약속 시간까지 아직 여유가 있어 호수공원에 잠깐 들르기로 했다. 처음에는 걸어가려 했는데 햇볕이 따가워 피프틴 자전거를 타기로 마음먹었다. 여래사 앞에 있는 피프틴 스테이션에서 휴대폰 결제로 자전거를 빌렸다.

여래사에서 호수공원까지는 1~2km 남짓한 거리다. 여래사가 위치한 정발산 산자락에서 내리막길을 따라 자전거를 타고 호수공원까지 갔다. 모든 피프틴 자전거에는 3단 기어 장치가 달려 있다. 자전거 기어를 어디에 두는지는 그야말로 개인 취향이지만 나는 늘 3단에 기어를 둔다. 느긋하게 페달을 밟아도 빠르게 갈

폭포 광장

수 있기 때문이다. 다른 자전거를 탈 때도 기어를 최대로 올려놓고 탄다. 빨리 움직이는 것보단 느긋한 것을 좋아하는 내 성격이 반영되었으리라.

뜨거운 햇살 사이로 시원한 바람이 불어온다. 호수공원 폭포 광장에 도착했다. 폭포 광장에서 마두역 방면으로 통하는 육교 아래에는 피프틴 스테이션이 있다. 자전거를 반납하고 걷기 시작했다.

폭포 광장은 특이하게 생긴 광장이다. 호수공원에 있는 다른 광장, 이를테면 한울 광장, 주제 광장, 노래하는 분수대 광장처럼 전형적인 광장이라고 보기에는 무리가 있다. 대부분의 광장은 둥글거나 네모나지만 폭포 광장은 찌그러진 삼각형의 형태를 하고 있다. 대체 어디서부터 어디까지가 광장이라고 해야 할지 모를 정도로 그 생김새가 매우 애매하다. 게다가 광장을 통과하는 길과 주변의 나무 때문에 빈 공간이 많지 않다.

광장 중앙에는 '폭포 광장'이라고 쓰여 있는 커다란 돌이 있다. 호수공원 초창기에는 눈에 확 들어왔는데 지금은 크게 자란 나무들에 묻혔다. 저녁에는 조명이 돌을 비추지만 낮에는 그리 눈에 잘 들어오지 않는다.

폭포 광장은 호수공원의 다른 곳보다 유독 노인이 많이 보이는 곳이기도 하다. 인공 폭포로 내려가는 계단 옆에는 햇빛을 가릴 수 있는 네모난 정자가 있다. 동네 할아버지들이 장기와 바둑을 두는 곳이다. 기다란 벤치에 얇은 접이식 바둑판(장기판)이 네다섯 개 놓여 있고 그 주위를 노인들이 둘러싸며 구경하거나 훈수를 둔다. 이분들은 호수공원의 산책로를 걷는 노인들과는 다른 행색이다. 등산복을 입은 사람들도 있지만 니트와 골프 웨어를 매치시킨 스타일을 가장 많이 볼 수 있다. 간혹 멋스런 지팡이를 짚은 어르신도 보이곤 한다. 주로 바둑보다는 장기를 두는데 아마 바둑보다 게임 템포가 빠르고, 초심자가 익히기 쉬워서인 듯하다. 어르신들이라 조용하고 정적일 것이라고 생각할 수도 있는데, 내기라도 하실 때면 왁자지껄한 경우도 많다.

사실 할아버지가 그렇게 금방 돌아가실 것이라고는 생각하지 못했다. 내가 군대에 있을 때 발병한 위암이 결국 화가 되어 돌아가셨는데, 이전까지 무거운 아령으로 운동하실 정도였다.

할아버지는 호수공원의 어르신들 중에서도 '놀이파'가 아닌 '운동파'였다. 일흔이 넘으신 연세에도 일산호수마라톤클럽에 가입하실 정도로 운동을 좋아하셨다. 나도 어느 정도 오래달리기에

장기 두는 어르신

자신이 있었는데 할아버지는 그 이상이셨다. 매일 "공원 한 바퀴 돌고 오마."라는 말씀을 하시며 젊은 놈이 운동 좀 하라고 핀잔을 주곤 하셨다.

생전에 자식들에게 절대로 약하신 모습을 보이지 않으셨던 할아버지도 피곤한 날이 있으셨겠지. 그런 날이면 운동을 하시기보다 집에서 가까운 폭포 광장에 앉아 이름 모를 사람들과 함께 유유자적 바둑을 즐기시진 않았을까.

폭포 광장에서는
운동을!

폭포 광장에서 한울 광장으로 통하는 산책로를 따라 조금 걷다 보면 오른편으로 올라가는 샛길이 보인다. 그 길을 따라가면 운동 시설이 있다. 철봉과 평행봉을 비롯해 근육 운동 기구까지 다양한 운동 기구가 비치되어 있다. 산에서 흔히 볼 수 있는 운동 기구들이 주를 이루고 있어 약수터 같기도 하다. 가벼운 스트레칭에서부터 격렬한 근육 운동까지 할 수 있다.

종종 들르지만 나 말고 젊은 사람을 본 적은 한 번도 없다. 호수공원 내의 다른 운동 시설에 비해 이곳을 찾는 사람들은 연령층이 높은 편이다. 처음 이곳에서 운동을 하려고 할 때는 주변에 내 또래의 사람들이 없어 쭈뼛거리기 일쑤였다. 신경 쓰지 않고 하던 운동에 집중하는 사람들도 있었지만 대부분 나를 신기한 눈초리

로 쳐다보았다.

어떤 운동을 해 볼까 고민하던 중 철봉이 보였다. 가벼운 스트레칭 중심으로 구성된 다른 운동 기구들은 왠지 내 나이(?)에 어울리지 않는 것 같아 턱걸이를 하기로 했다. 아저씨, 아줌마들에 비해 젊으니 비교적 힘든 운동으로 실력을 보여줘야겠다는 마음도 살짝 들었다. 마음 같아서는 턱걸이 20개, 30개를 훌쩍 넘기고 싶었지만 막상 해 보니 생각처럼 몸이 따라주지 않았다. 온갖 인상을 다 쓰며 간신히 10개를 채우고 철봉에서 떨어지다시피 했다. 그런데 웬걸, 내가 턱걸이하는 것을 지켜보고 있던 백발이 성성한 할아버지가 철봉을 잡더니 보란 듯이 턱걸이를 하는 것이 아닌가. 20개… 30개… 할아버지는 지친 기색도 보이지 않고 철봉에서 가볍게 내려왔다. 그리고는 멍하니 쳐다보는 나에게 "여기를 이렇게, 가슴을 쭉 펴야 한다고." 하시며 올바른 자세를 알려주셨다. 번데기 앞에서 주름잡으려다가 된통 혼났다.

물은

폭포가
되어
흘러내리고

인공 폭포

마음이 바다처럼 넓어서
다 담아둔다

얼마 전 어머니의 지인이 여행을 가면서 우리 집에 고양이 한 마리를 맡겼다. 1살 정도 된 점박이 새끼 고양이였는데, 고양이를 별로 좋아하지 않는 나에게 썩 달가운 소식은 아니었다. 더군다나 우리 집에는 이미 3마리의 개가 있었기 때문에 서로 잘 지낼 수 있을지 걱정되기도 했다. 개와 고양이는 전형적인 앙숙 아닌가. 산책을 잘 시키지 못해 사회성이 결여된 우리 집 개들이 고양이에게 기죽지 않고 맞설 수 있을지도 의문이었다.

그런데 웬걸, 문제는 다른 쪽에 있었다. 개들과 고양이의 신경전은 서로 가르랑거리는 정도에서 그쳤지만, 4마리가 합심하여 쉴 새 없이 집안을 헤집어 놓은 탓에 도리어 내가 극심한 스트레스에 시달렸다. 책상에 앉아 컴퓨터로 글을 쓰고 있는데 고양이가 불가사의한 점프력으로 폴짝 뛰어올라와 키보드를 지그시 누르고 가면 머리가 지끈거려 참을 수가 없었다. 자려고 이불을 덮었는데 내 침대로 우르르 몰려와 신경전을 벌인다든지, 소파 위에서 엎드려 잠든 내 등 위에 토한다든지, 너무나 괴로웠다. 심지어 개들 중 두 마리는 태어난 지 얼마 안 돼 똥오줌을 제대로 가리지 못했다. 급하게 나가다가 양말 신은 발로 개 오줌을 밟는 순간 치솟는 화는 어찌 할 도리가 없었다.

며칠간 개와 고양이 때문에 잠을 제대로 자지 못해 뒷목이 뻐근하고 눈 밑이 퀭하다. 이대로는 안 되겠다 싶어 꿉꿉한 집 안에서 나가기로 했다. 혹여나 바닥에 있을지 모르는 오줌을 밟을세라 조심조심 집을 나와 찾은 곳은 호수공원이었다.

금요일이라 그런지 평일인데도 불구하고 의외로 많은 사람들이 호수공원을 돌아다녔다. 레저용 옷을 입은 아저씨들에서부터 유행하는 스냅백 모자를 거꾸로 쓴 젊은이들까지 다양한 사람들이 호수공원에서 바삐 움직이고 있었다. 피프틴을 빌려 타는 사람들도 있었고, 사이클과 MTB가 합쳐진 하이브리드 자전거를 타는 사람들도 있었다. 평소 같으면 이러한 풍경이 한가로워 보였을 텐

인공 폭포

데 기분 탓인지 오늘따라 사람들의 움직임이 바쁘고 부산스럽게 느껴졌다.

여태껏 가깝지만 잘 찾지 않았던 인공 폭포 쪽으로 내려갔다. 콸콸 흘러내려오는 물줄기를 보다가 호수 쪽으로 힐끗 시선을 돌렸다. 드넓은 호수가 시야를 가득 채웠다. 바람이 불어옴에 따라 호수 표면이 조금씩 흔들렸다. 일전에 들었던 우스갯소리가 떠올랐다. '마음이 바다처럼 넓어서 다 담아 둔다.' 흔히 쓰이는 '바다처럼 넓은 마음'이라는 표현을 '어떤 일이 있을 때마다 마음속에 담아둔다는 의미'로 해석한 것이다. 내 마음은 어떤가. 말 못하는 동물들의 움직임 하나하나에 너무 신경을 쓰다가 소화불량까지 걸렸다. 평소에 스스로 관대한 사람이라 자처하고, 또 그렇게 행동하고자 했던 내가 요 며칠 보여준 모습은 흡사 '바다처럼 넓어서 다 담아둔' 꼴이었다. 자신의 행동을 인지하지도 못하는 동물들에게 공연히 화를 내는 꼴이라니. 알량했던 내 마음이 호수 위에 고스란히 비치는 듯했다.

건너편으로 애수교와 호수교가 보인다. 평평한 호수 위로 보이는 다리가 마치 호수에 지붕을 씌워 놓은 것 같다. 불쾌하게 느껴지던 사람들의 말소리와 북적거림이 어느새 정겹게 다가온다.

나를 괴롭히던 두통과 위통 또한 사라졌다. 어두컴컴해진 하늘에서 빗줄기가 한 방울씩 떨어진다. 투명한 빗방울이 보도블록의 먼지를 씻어 내려가기 시작한다.

호수공원

물의 여정

고인 물은 썩는다는 말이 있다. 호수도 고인 물이 아니냐고? 호수의 물은 겉보기에는 고여 있지만 사실은 끊임없이 움직인다. 호수공원의 호수 또한 마찬가지다. 사람들이 잘 모르고 지나치는 곳에서 물이 유입되고 방류된다. 드넓은 호수공원의 물은 대체 어디서 오고, 어디로 가는 것일까?

1. 준비

대도시 근처에는 큰 강이 있는 경우가 많다. 런던의 템즈 강, 파리의 센 강, 빈의 도나우 강, 서울의 한강……. 농경 사회가 시작되면서 사람들은 농업 용수 조달을 위해 강가에 도시를 세웠다.

한강도 마찬가지다. 강남, 강북, 강서, 강동 등 서울의 지명을 이야기할 때 한강을 기준으로 이야기할 정도로 한강은 우리 생활과 밀접한 연관이 있다. 또한 수많은 하천들이 한강으로부터 파생되어 흐른다.

호수공원의 물은 바로 한강에서 온 것이다. 잠실 수중보에서 모인 물은 호수공원을 향한 기나긴 여정을 떠난다. 일산 근처까지 오면 한강물은 수로로 빠진다. 수로에는 부들, 부레옥잠 등 자연 정화 식물이 서식한다.

2. 시작

긴 여정을 거쳐 물은 일산의 유입수 처리 시설에 도착한다. 이곳에서 약품침전법을 통해 정화 과정을 거친다. 야생 상태의 한강물이 새로이 몸단장을 하고 공원으로 들어올 준비를 하는 것이다.

유입수 처리 시설을 거친 물은 '청평지淸平地'에서 대기한다.

　청평지는 샘터 광장에 있는 작은 연못이다. 말 그대로 평평하고 푸른데, 이는 청평지가 있는 샘터 광장과도 잘 어울리는 이름이다. 지역 주민들은 이곳을 '작은 호수공원'이라 부른다.

3. 도착

드디어 호수공원의 중심 호수, 일산호에 입장할 차례다. 샘터 광장에서 농구장, 게이트볼장 쪽으로 가다 보면 호수공원의 중심 지역으로 들어오는 쪽문이 있다. 이 쪽문을 내려와서 오른쪽을 보면 조그마한 다리(낙수교)가 있는데, 바로 이 아래에 청평지에서 일산호로 물이 유입되는 수로가 있다. 한강에서 일산까지 쉴 새 없이 달려온 물은 일산호에 이르러서야 비로소 한숨 돌린다. 휴식도 잠

시, 호수공원에 도착한 물은 인공 폭포에서 떨어져도 보고, 고사분수를 타고 높이 치솟아보기도 한다. 마치 놀이동산에 온 것마냥 신나하는 물의 소리가 들린다.

4. 작별

만남이 있으면 작별이 있는 법. 일산호에 머물던 물은 다시 한강 하류로 방류된다. 자연학습원의 수생식물원 근처에 방류 지점이 있다. 작은동물원 뒤쪽 호숫가인데, 여름에는 수풀이 많아 찾기 쉽지 않다. 물이 들어오는 지점과 마찬가지로 방류되는 곳 또한 그리 크지 않다. 이곳을 지나 물은 다시 한강으로 돌아가고, 바다로 향한다.

찾아보기